L'A NOBLESSE,

EXCELLENCE,

ET ANTIQVITÉ

DE L'ASNE.

Traduict de l'Italien du Seigneur Attabalippa.

A PARIS,

ar François Huby, ruë S. Iacques au Soufflet verd,
deuant le College de Marmoutier. Et en sa bou-
tique au Palais, deuant la porte de la
saincte Chapelle.

M. DC. VI.

Auec Priuilege du Roy.

AV LECTEVR
SALVT.

AMY Lecteur, ne t'imagine pas, que tu doiue trouuer en cet Asne la Noblesse des bestes terrestres, que Democrite disoit consister en la bonté & valeur de leur chair: C'est vne pure reſuerie, toute Democritique, & digne de risee. La vraie noblesse & antiquité de cet animal laborieux emprüte la splendeur de son lustre des belles qualitez, perfections, vertus, bonté & valeur de meurs que la nature a versé sur luy, d'vne dextre du tout liberale, comme sur l'vnique Phenix de la bande des brutes.

Il est pur & net de cœur, sans fiel, & innocent en ses actions; n'a guerre ni discorde auec quelcōque, suporte egalemēt toute charge qu'on lui met sur le dos, en recompense dequoi il est exempt de poux, n'est guere souuent malade, & vit plus long temps qu'aucune autre beste des plus grands troupeaux: se nourrist en petit lieu,

de petite pasture, & se contente de toute man-
geaille qu'on lui presente; est trespatient en di-
sette & faute de viures, en la faim, au trauail,
& aux coups, & porte doucement si l'on ne
tient conte de lui, & quelque persecution qu'on
lui face il l'endure constamment & de tresgran-
de force, mesme est si simple qu'à peine cognoist
il les Laitues d'entre les Chardons.

C'est ceste noblesse qui lui met maintenant
le septre en main & la couronne sur la teste,
pour commander aux plus grans & plus cruels
des animaux. Ce sont ces riches conditions, qui
font la base & le fondement de sa preeminence.
C'est en faueur de toutes ces excellentes vertus, qu'il est constitué Roy sur toutes les bestes
terrestres.

C'est en ces discours, que la lecture de son e-
lectiõ lui est faite, que son sacre lui est dõné, &
la teneur de ses droicts proposee. C'est di-je icy
qu'il est mis en possession de son domaine, ou tu
vois venir en troupes les plus furieux citadins
des bois & les plus chers hostes des palais & ho-
stels domestiques, pour monter en faueur &
credit autour de lui qu'ils sçauent auoir la re-
serue des gouuernemens, la collation des offices, & le pouuoir d'eleuer aux honneurs de sa
cour qui bon lui semble, lui prestant ainsi tres-
humble hommage, comme seruiteurs & vas-

ſaux à leur Seigneur & Prince.

Le Chien lui dit qu'il lui ſeruira de garde fidel
le pour garder en aſſeurance ſes parcs, ſes forts,
& ſes hôſtels, côme à cet ancien Roy de la Sicile: qu'il lui ſera diligent pouruoieur, & que
d'vn veritable nez, veneur bien auiſé qu'il eſt,
il fournira ſa table de mets tresfrians; qu'il lui
ſera amy iuſqu'à la mort, & donra fraieur aux
Loups plus ruſez, qui voudroient lui arracher
le diademe d'autour du front, & qu'en fin il ſera la peur des craintifs larrons, qui voudroient
aliener ſes finances & threſors.

Le Cheual eſt à ſa queue qui ſuit, pour lui
preter ſerment de fidelité, auec vn deſir ambi-
tieux de ſeruir volontairement à ſa dextre, ſe
manier à pied coy, en rond, & à paſſades, plier
le genouil quand il le voudra monter, courir ſur
les epics ſans plier les tuiaux, voltiger ſur les
fleuues ſans mouiller les piez, & ne ſe mon-
ſtrer en riē inferieur à ceux qu'on dit que Lao-
medon promiſt à Hercule.

Le Singe s'auance pour briguer, ce ſemble,
l'office de Fol & Plaiſanteur: lui ayant voué
ſon humble ſeruice, il s'efforce de lui donner à
rire, & lui apreſter du paſſetemps & des ebats,
à la façon des grands Princes, qui ont touſiours
en leur compagnie de ces bēſtes facetieuſes &
plaiſantes, pour les reſiouir.

Le Lyon mesme y vient luy faire humble hō-
mage, & le recognoissant pour son superieur,
faict peu de conte de ce que les autres animaux
l'ont autrefois eu pour leur Roy, ayants veu en
lui vn corps du tout roial, orné d'vn grand col-
lier de creins, les yeux flamboyans à la teste
comme pierres precieuses, le regard graue &
terrible, la couleur du poil toute d'or, & tout
plein de majesté. Les seules perfections de ce
nouueau Seigneur ont esté suffisantes pour lui
imprimer en ses sens la crainte, & le respect
deu aux vertus & excellences d'vn Roy. Et
comme il a autrefois permis que les Capitaines
& Empereurs Romains l'ayent souuent attelé
sous le ioug & fait tirer au charoy, desquels
Marc-Antoine fut le premier, il ne refuse
maintenant ici de s'armer d'vne forte halebar-
de, pour defendre le corps de son maistre, promet de n'estre point si fier aux fiers, que courtois aux courtois, de prester volontiers l'oreille pitoiable à cil qui le supliera, & iamais ne
mettre d'vn cœur ingrat sous l'ombre de l'oubly
les biens qu'il aura receus.

En somme l'Elephant s'aproche pour confirmer de sa part cette souueraineté sur les animaux, met bas toute fierté, & promet de luy
obeyr de gayeté de cœur. Ce qui l'eleue au secōd
chef de la bande de ses officiers, auec autorité de

cômander l'auât garde de tout le champ brutal.
Außi qu'il est tref-digne de cefte charge, foit
qu'on ait égard à fon dos tourrelé, qui ayant autrefois porté maint foldat, ne dedaignera de
porter icy sõ feigneur: ou foit qu'õ vueille mettre en ieu cette prudente addreffe dont il femble
obfcurcir la fageffe des plus prudents humains.
Il rumine à part foy, écolier ftudieux qu'il eft,
la leçon qu'on luy baille, revere fon Roy, fa-
lue la Lune, couue la doux-cuifante ardeur de
la torche de Cipris dedans fa poictrine, & fentant la douce cruauté d'vn bel œil humain, il
foupire fous le ioug de fes beautez: voire, fi les
efcrits des Grecs ne nous trompent & deçoiuẽt,
il efcrit quelquefois affez bien de fa trompe.

Si tant eft que tu vueilles prendre la peine de
lire ce difcours, & donner quelque heure de
loifir à la remarque de ce qui fe paffe en cette
petite Royauté, ou pluftoft femblăce de Royauté, ie m'affeure que tu y trouueras affez dequoy
contenter tes efprits, & bannir toute melanco-
lie. Celui qui en tiént le frein a en foy des plus
belles qualitez qui foient point conuenables à
vne majefté Royale. Car fi nous aprochons l'o-
reille & aportons de la creance à ce que dit le
diuin Platon, que les Royaumes feront fortu-
nez en honneur & en bon heur, quand les Roys
cheriront la Sageffe, ou que les Sages feront

Roys, il n'y en aura aucun autre en tout le troupeau des brutes qui merite mieux d'estre enrichi de ce glorieux tiltre. Les Docteurs Hebrieux ont dit que son influence depend du Sephirot, qui est Hocma, c'est à dire Sapience. Et ce qui passe cette merueille, est l'Asne qu'on dit auoir esté auditeur & condisciple auec Origene & Porphire, du Philosophe Ammonius Alexandrin, le plus renommé de son temps. A quoi encor i'adiouterai, que par aduenture pour ce respect nous trouuons en l'ancien Testament que Dieu ayant commandé de luy sacrifier tous les premiers nays des animaux, il pardonna aux Asnes seuls de cette bande, permettant à l'homme de bailler vne Brebis en l'echánge de l'Asnon. Tu en verras dauantage ci apres, si tu veux y arrester ta veue.   À Dieu.

DE L'EXCELLENCE ET NOBLESSE DE L'ASNE.

PREMIERE PARTIE.

Le Chien.

LE Chien vient le premier de tous branflant la queuë, & d'vne audacieuse façon se vante que seul entre les animaux, il recognoist son maistre au marcher, à la voix, & se re-jouit de le voir, & qu'il l'accompagne, qu'il va deuant luy comme vn espion, & que sentant quelque embusche, il l'a descouure par ses abbois, combattant contre les ennemis de son maistre. Plu-sieurs se sont sauuez de leurs ennemis par l'aide de leurs Chiens, qui outre ce-

Graces & dōs natu-rels du Chien.

B

la font des feurs gardiens de chofes qui leur font recommandees. Vn homme ayant efté tué par des volleurs, fon Chien demeura pour garder fon corps de peur que les beftes & les oifeaux ne le deuoraffent.

Effects a-
monreux
du chien.

Sabin ayant efté empoifonné auec tous fes efclaues en la querelle de Neró, fils de Germanicus, iamais on ne peut chaffer fon Chien de la prifon, & quand il fut ietté à la voirie il fit de grāds heurlements, portant en la bouche de fon maiftre mort le pain qu'on luy iettoit par pitié, & en fin quand ce corps fut ietté dans le Tibre, il s'y ietta apres, & fe mettant deffous il s'efforçoit de le fouftenir, ayant pour tefmoins de fon amour vne grande multitude d'hommes accourus à ce miracle de pieté en cet animal.

Amitié
notable
d'vn chien
enuers fon
maiftre.

Pline racompte dans le huiétiefme liure de fon hiftoire naturelle, qu'vn hōme ayant faiét vn meurtre en Antioche & s'en eftant fuy, que le Chien du mort demeura pour le garder, fe plaignant auec de longs heurlements, pitoyable tefmoignage de fa douleur, & du regret qu'il auoit de voir fon maiftre meurtry,

Plusieurs hommes estant assemblez au
tour de son corps mort, & le meurtrier
mesme entre eux, estant desguisé, ce
Chien le recogneut incontinent, & estant sauté sur luy l'arresta & fit iuger que
c'estoit celuy qui auoit tué son maistre,
ne le laissât iamais que le criminel n'eust
confessé le meurtre, & qu'il ne le vit trai-
né au suplice.

Vn autre Chien pour preuue de sa
loyauté ayant veu ietter son maistre dãs
vn feu, il s'eslança à fin de mourir auec
luy, & d'estre fidele compagnon de son
mal'heur.

Elian raconte qu'vn Marchand allant
à la Foire de Theon en Ionye Prouince de Grece, son seruiteur, qui l'accom-
pagnoit & portoit son argent, s'estant
destourné du chemin pour quelque ne-
cessité, & ayant oublié sa bource, vn
Chien qui le suiuoit demeura pour
la garder, & se laissa mourir de faim,
couché sur la bource que ce Marchand
retrouua sous luy au lieu mesme où il l'a-
uoit laissee.

Le Chien entend la voix de son maistre & se resouuient de son nom, il n'ou-
blie iamais le chemin où il a passé, il ne

Vn Chien se lance dans le feu où son maistre bruloit.

Fidelité d'vn Chien.

Instinct naturel d'vn chiẽ.

s'egaroiamais, il se dresse & instruict facilement, il abboye apres les estrangers, il trouue les bestes dans leurs gistes, les faict leuer, les suit à la piste, & les poursuit, il a le nez bon, il est hardy & courageux assaillant les bestes plus grandes & plus fortes que luy, & à l'heure sur tout quand son maistre le veoid, le flatte & l'encourage. On pourroit loüer dauantage le Chien mais i'entens hannir

---

Le Cheual.

 VI ne veut point cedder au Chien tant pour la grandeur du corps que pour la beauté, & mesme pour la force, par laquelle il surmonte non seulement le Chien, mais plusieurs autres bestes.

Aussi est il vray qu'il sert à la chasse, aux Ioustes, aux Tournois, & aux autres plaisirs de la guerre, que diray-je des commoditez qu'il apporte à l'homme en toutes ses affaires, il sert d'vn doux soulas à ses trauaux, & de fidelle compagnie en ses voyages : mais combien est il encore plus necessaire en des cho-

ſes plus importantes, ſauuant la vie de
ſon maiſtre, le tirant d'vn grand danger,
ne deffendant pas ſeulement ſon honneur: mais l'augmentant de telle ſorte
que pluſieurs par la valeur de leurs Cheuaux, ont acquis beaucoup de gloire.

Les Cheuaux ſont courageux, viſtes, *Le cheual*
obeyſſants & forts, & monſtrent plus *ſe monſtre*
de magnanimité que la nature ne ſem- *naturelle-*
ble en auoir mis aux animaux, on leur a *ment eſtre*
dóné de beaux tiltres. Properce les ap- *magnani-*
pelle belliqueux, & aymans les armes, *me.*
Lucrece du meſme. Silius appelle le *Noms dō-*
Cheual martial & cruel, Ouide le nom- *neʒ au*
me magnanime & genereux. Les au- *Cheual.*
tres l'appellent valeureux, membru,
fort, audacieux, terrible, courageux &
hardy, noms de guerre, de combats, &
de courage.

Entre pluſieurs Cheuaux deſquels la *Bucepha-*
gloire eſt cogneuë en nos iours, Buce- *le Cheual*
phale s'eſt acquis vn plus beau nom, qui *renommé.*
dans vne grande plaine, ayant eſté a-
mené deuant Philippe Roy de Maçe-
doine, pour luy eſtre vendu, ſe monſtra
ſi fougoux & furieux que perſonne ne
l'ozant approcher, le Roy refuſa de l'a-
chepter. Mais Alexandre encores en

fant amoureux de la beauté de ce Cheual, & de la valeur admirable qu'il y sembloit recognoistre, se faschant que son pere l'eut reietté, qui dissimulant d'auoir ouy les paroles, & de voir l'ennuy que son fils monstroit, luy dict. Tu esperes donc de pouuoir mieux venir à bout de ce Cheual que tous ces vieux Caualiers? Alexandre luy respondit, ie m'asseure bien que pour le moins ie le manieray aussi bien que tout autre qui soit icy. Mais si (luy dict son pere) tu ne le fais, que veux-tu payer pour peine de ta temerité. Le pris du Cheual (luy replique Alexandre) sera mon amende. Tout le monde sur ces paroles se print à rire & à louër la generosité de ce ieune Prince, qui lors s'approchant de ce Cheual, & l'ayant pris par la bride & tourné la face au Soleil: le flattant, le caressant, tournant au tour de luy, & luy passant la main sur le col: auec de la disposition se ietta dessus, & luy laschant la bride, & pressant le flanc auec les talons, luy fit prendre carriere dans cette campagne. Le pere à ce coup sentit à mesme temps, le voyant partir de la mains, des effects de crainte & de ioye,

Animosité d'Alexãdre.

Action ingenieuse d'Alexãdre.

le voyant retourner, & ayant les larmes aux yeux, courut au deuant, l'embraſſant & le baiſant, & faiſant payer ce Cheual dont le pris exceſſif montoit à treize talents, qui font en noſtre monnoye ſept mil huict cents eſcus.

Bucephale tant qu'il eſtoit nud ſe laiſſoit monter par tous les ſeruiteurs d'Alexandre : mais quand il eſtoit paré des armes Royaux ils n'eſtoit permis qu'à ce grand Prince, deuãt qui il ployoit les genoux pour luy donner moins de peine.

Fierté de Bucephale

Ayant eſté bleſſé au ſiege de Thebes, & voyant qu'Alexandre en montoit vn autre, il ne le voulut ſouffrir, faſché qu'vn moindre que luy eut tãt de gloire que de porter ce Monarque victorieux.

Bucephale desireux d'honneur

En la guerre des Indes, Alexandre s'eſtant mis inopinément dans le plus dangereux lieu de la bataille, Bucephale entre ſes iambes, ayant eſté bleſſé à mort, il monſtra en fin tant de courage qu'il deſgagea de la foule des ennemis ſon maiſtre, & l'ayant mis en lieu de ſeureté, il tomba mort.

Generoſité & amour de Bucephale.

On dit du Cheual de Iules Cæſar qu'il

ne permit iamais d'estre monté d'vn autre que de ce grand Prince.

Il est aisé d'instruire & dresser les Cheuaux, ils dancent, ils sautent, ils tournent au son des Trompettes & des tambours, & eux mesmes se donnent courage dans les hazards de la guerre.

Pline & Albert le Grand racontent,
que les Sibarites enseignoient à leurs
Cheuaux à dancer au son de Viele. On
lit chez Dion que l'on mena à vn Roy
d'Armenie vn Cheual si bien dressé que
estant deuant luy, il ploya les iambes de
deuant en baissant la teste.

Quelques-vns (si l'on croit les Histoires) ont arraché auec la bouche les
armes de ceux qui combatoient contre
leurs maistres.

Les Cheuaux ont monstré de la pieté
& de l'amour enuers leurs Caualiers,
Virgile n'a pas oublié Ethon, Cheual de
Palante, fils d'Euandre qui pressé du
regret de la mort de son maistre pleu-
roit en ses funerailles.

Pline escrit que Nicomedes Roy de
Bithinie estant mort, son Cheual se laissa mourir de faim.

Anthiocus ayant esté tué son Cheual
ne vou

Cheuaux dociles & coura-geux en guerre.

Cheuaux qui dan-çoient.

Qui fai-soient des actions d'hom-mes

Grand a-mour des cheuaux enuers leurs mai-stres.

ne voulant pas endurer que Centarete
y montast apres son maistre, se precipita
d'vne haute Roche.

Elian & d'autres Autheurs racon- *Caualles*
tent que les Caualles ont autant ou *qui ont*
plus d'Amour, par ce qu'elles ont allai- *nourri des*
cté des petits enfans, comme de Pelias, *enfans.*
de Tiron, de Neptune, & d'Hippiotho-
ne & Camille, fille de Methabus Roy
des Volsques & d'Appalisee, fille du Roy
des Armeniens.

Vn Cheual à qui on boucha les yeux *Il y a de*
pour luy faire saillir sa mere, ayant reco- *la honte*
gneu son inceste se ietta dās vn abysme *aux che-*
& se tua, & cela aduint aupres de Reaté. *uaux.*

L'Antiquité ne doit pas rendre cette
Histoire mēsongere, puisque de nostre
temps Pontanus escrit, que Iean Ven-
tiuiglio Marquis de Giraci l'auoit asseuré qu'vne sienne Iument par tromperie ayant esté saillie par vn sien Pou-
lain se laissa mourir, ne voulant manger
apres auoir cogneu sa faute.

On ne peut nier que l'on ne reco-
gnoisse de la honte aux Cheuaux.

Combien y a il d'Histoires qui font
foy que des Cheuaux ont ramassé les
armes de leurs maistres.

C

On pourroit encore rechercher d'autres belles qualitez au Cheual pour luy donner le premier lieu de noblesse: mais

---

Le Lion.

BEAVCOVP d'auantage sur luy, & qui entr'autres vertus se peut vanter de temperance: il boit peu souuent, il ne mange pas tous les iours, bel exemple pour les hommes.

Le Lion naturellement est clement.

Le Lion seul entre les animaux est loüé de clemence, qu'il tesmoigne aux vaincus & aux humbles.

Vne Dame fugitiue eschappee de la seruitude & de la prison, pour retourner en son pays, dans vne forest d'Affrique: rencontra vn Lion qui venoit au deuant d'elle pour en faire sa proye: mais cette femme s'estant iettee deuant luy, auec humilité, & auec humbles prieres, & les larmes aux yeux, l'ayant radoucy il la laissa sans luy faire mal.

Quand il est chassé & poursuiuy par les chiens & les hommes, tant qu'il est dans la campaigne & qu'il peut estre veu

apres de petites courses, il faict ferme:
mais deslors qu'il a gaigné les bois à
toute course, il s'eschappe & se sauue.

Quand quelqu'vn l'a blessé, il se iette
dans la troupe iusques à ce qu'il le trouue, & lors sans le tuer s'il peut il se contente de le renuerser à terre.

Effet d'vn Lion enuers celuy qui l'auoit blessé.

Le Lion n'est trompeur ny soubçon-
neux, ne regardant iamais personne de
trauers, ne voulant aussi endurer qu'on
le regarde de mauuais œil.

Il prend plaisir d'estre aymé & regardé.

Il est bon amy, & se resouuient des
offices qu'on luy a rendu.

Andronicus ayant rompu ses fers &
s'estant eschappé dans les desers d'Afrique, il pensa vn Lion qui estoit blessé à
la patte, & demeura auec luy trois ans
entiers, viuant de la chasse que le Lion
faisoit dans les bois.

Recognoissance d'vn Lion enuers son bien-faicteur.

En fin se faschant de mener cette vie
ayant quitté la cauerne de son hoste, il
fut repris & remené à son maistre qui le
condamna d'estre ietté pour vn spectacle
cle public, entre les Lions, où celuy qui
auoit nourry Andronicus, se trouua
ayant esté pris peu de iours auparauant,
& mené à Rome.

Ce Lion l'ayant recogneu au premier

Andro-
nicus estât
recogneu
du Lion
est deliuré
de la mort

à bord tout joyeux, luy courut au deuant pour le caresser & luy faire feste, fort content de iouyr d'vn amy dont il auoit regretté l'absence. Miracle de pieté & d'amour qui esmeut le peuple de deliurer le Criminel, & de luy donner le Lion qui le suiuoit par toute la ville.

Le Lion
est liberal.

Le Lion est encore liberal, laissant vne partie de sa chasse aux bestes qui vôt apres luy, & de là il est nommé Roy des animaux de la terre.

Voila vne partie des belles qualitez, parquoy le Lion se peut dire plus parfaict & noble que les autres animaux & toutesfois il semble que

Le *Singe.*

Le Singe
resemble à
l'homme.

'E N mocque, qui grondant entre ses dents veut aller deuant le Lion, à cause de la resemblâce qu'il a auec les homme, les yeux, les sourcils, le front, la bouche, les dents, l'estomac, la poitrine, que les autres animaux ont d'autre façon, & en vn autre endroit, les mains auec les doigts dont celuy du milieu est le plus long, & les ongles feparées, & le dedans du corps comme celuy de l'homme.

Le Singe a l'entendement ouuert & capable d'inftruction, comprenant aifé-ment & imitant ce qu'on luy monftre, & ce qu'on fait deuant luy.

Le Singe apprend & imite facilemēt.

Il imite les chaffeurs non feulement à fe botter: mais leurs exercices encores, il faict plufieurs autres actions comme l'homme, foit en mangeant, en portant les morceaux à la bouche auec la main, & en nettoyant ce qu'il veut manger.

On lit qu'vn Singe a ioüé aux Ef-chets, ils portent leurs enfans, ils fe refiouyffent qu'vn hôme les manie & les careffe, ce qui eft contraire aux au-tres animaux. En fin les Singes fe monftrent plus approchants de la na-ture de l'homme, & par confequent meritants mieux de r'emporter la pal-me de la perfection & de la nobleffe: mais voicy venir auec vn graue main-tien.

Effect du Singe.

L'Eleph ant.

L'Elephāt reuere les planettes. VI comme plus grand & plus hault de membres pretend aussi d'estre plus grand en perfection, & en noblesse, par ce qu'on lict de choses merueilleuses de luy, par qui on recognoist la nature approcher plus pres de l'homme. Il adore les Estoilles, la Lune & le Soleil. Dans la Mauritanie au retour de la Lune les Elephans s'assemblent aupres d'vn certain fleuue dás qui se purifians & se lauants solennellement ayant salué cet Astre, ils s'en retournent dans les bois.

Leur apprehensiue est grande, car si tost qu'ils decouurēt la trace d'vn homme se defiants de quelque embusche, ils font ferme, regardent tout autour, soufflent & s'enflamment, le premier qui decouure les vestiges de l'homme il se tourne vers le second & puis vers l'autre iusques au dernier, & puis ayant faict la ronde autour de leur bande il les met en ordre comme ayant à combatre l'ennemy.

Ils monſtrent encore d'auoir vne iuſte conſideration en ce que quand allant de compagnie, s'ils cognoiſſent qu'en leur troupe quelqu'vn des ieunes ſoit las, ils le mettent deuant à fin qu'il leur taille le pas.

Ils vont touſiours en troupe, & le plus vieil leur ſert de Capitaine, & apres luy, les autres ſelon leur âge.

Trauerſants vne riuiere, les plus ieunes vont les premiers, de peur que ſi les plus grands paſſoient il arreſtaſſent le fil de l'eau, qui eſchapât apres qu'ils auroient paſſé entraineroit par ſa violence les petits qui ſeroient à la queuë.

Quelques Elephans eſtants tranſportez par nauire de Puzoli eſpouuâtez de l'eſpace & grande diſtance de la mer iuſques à la terre ferme, allerent en arriere pour ſe tromper eux meſmes en cette longueur.

Aulugelle eſcrit qu'vn Elephant a apris les lettres Grecques, en eſcriuit en cette langue auec ſa trompe, ces mots: moy meſme i'ay eſcrit cecy, & dedié ces deſpouilles des Celtes.

Elephant docil & memoratif.

C'eſt choſe commune & ſceuë de tous qu'ils ſçauent lancer le Iauelot, &

sçauoir d'autres ieux, ils ont aussi de la memoire & se resouuiennent de leurs noms.

Les Ele-phãts sem-blent auoir de la cle-mence. Si les Elephans n'estoient entre les bestes, qui leur pourroit debattre la vertu de la clemence? puisque Pline nous asseure que lors qu'ils rencontrent dans les deserts quelque homme esgaré, ils le remettent en son chemin, ou bien ils l'accompagnent iusques à ce qu'il soit en lieu seur.

Elephants honnestes & cõtinẽts. Iamais ils ne se meslent auec leurs femelles tant qu'il sont veus, ils fuyent l'adultere, ils ne se querellent iamais entre eux pour les femmes, comme fait le reste des animaux & l'homme mesme.

Les Ele-phãts sont amoureux Ils sont pourtant sujets à l'amour, en Egypte vn Elephant deuint amoureux d'vne fille qui faisoit des guirlandes, vn autre d'vne parfumeuse, & vn autre d'vn ieune homme en l'armee de Ptolomee.

Ils tesmoignent euidemment leurs amours en se resiouïssant de la presence des personnes aymées, en leur faisant des caresses & des blandices, & leur mettant dans le sein l'argent que le peuple leur donnoit.

L'Histoire Grecque & Latine escrit

ne escrit encores d'autres choses par qui
ie pourroy conclure que l'Elephant entre les animaux plus nobles est le plus
parfait pour les qualitez qu'il a sembla-
bles à l'homme, si l'Asne ny pretendoit
faire largue.

A L'Asne.

As qui r'enforcera ma voix
foible & trop baſſe
Pour chanter dignement le ſu-
jet que i'embraſſe.

Ie ne le puis nier, ie con- Excuſe de
l'autheur.
feſſe de n'auoir pas d'aſſez beaux ter-
mes pour bien diſcourir de la preémi-
nence, excellence, & nobleſſe de l'Asne.
A peine la trompette d'Homere & la
Lire d'Ophée y pourroient-elles ſatis-
faire, mais c'eſt trop peu dire, quand
bien i'auroy cent langues dans autant
de bouches auec la voix de fer, ie ne
pourroy dire la millieſme partie des
louanges & des merueilles de cet admirable & glorieux animal : car en fin
Monſieur l'Asne pour bien diſcourir de
voſtre dignité brutale il n'y a perſonne

D

qui le puiſſe faire que vous, voſtre ſeulle
voix peut remplir de voſtre excellence
beſtialle l'air & les cieux, voſtre cry ſeul
peut remplir le monde de vous meſmes. Pardonnez moy donc, ſi ie ne
puis atteindre au ſommet des louanges
que vos façons Aſineſques peuuent
meriter , i'eſſaieray d'autant dire le
mieux que ie pourray ce que ie ſçay
pour voſtre gloire.

Del'Ane.

Introdu-
ctiö nota-
ble auec
l'expoſitiö.

A RI mon Aze. Ha que ce
commencement merite vn
beau commēt, & peut eſtre
quelque curieux dira que
ces premieres paroles ſont
vaines & ſottes , & pourtant ſi on les
conſidere, elles ſont hautes & pleines
de grands miſteres.

Ari: mais par voſtre foy que ſignifie ce
beau mot, ſi non la dignité, la nobleſſe
& grādeur Aſinine? le voulez vous voir?
conſiderez en l'Etimologie, & vous le
ſçaurez, & ie ſçay que vous en cognoiſſez le ſon & la voix par le nez: mais venons aux ſens.

Les bons anciens (tant hommes que beftes) ayants recogneu la valeur & les rares vertus de la feigneurie Afinine d'vn commun confentement luy donnerent la couronne & le fceptre, qui ne le croira life Mattiol au chapitre *Buffalmaco*, où il difcourt *de auribus & cauda tefticulorum*, ou qu'il le demande aux Milanois, ils luy diront qu'en memoire & confirmation de la verité, ceux qui demeurent pres de la Porte neufue auoient accouftumé tous les ans de veftir pompeufement vn Afne de riches habits de foye & d'or, & luy ayant mis le fceptre à fa main royale, & couronne entre les aureilles, & ayants affis fa majefté en vn beau fiege fur le plus haut degré d'vn char triomphant, ils le faifoient traifner auec pompe honorable & grande fuitte.

L'Afne Roy.

Mais fans rechercher dans l'antiquité la foy de ces preuues, vous le cognoiftrez en ce qu'il va toufiours deuât & que chacun luy fait place, ainfi le chante ce grand Autheur Latin, *per viam incedens obuiantibus cedere nefcit.* Et encor que par modeftie & grande humilité, il ayt quitté la couronne, la na-

Chacun fait place à l'Afne.

D ij

ture luy ayant donné les aureilles pour marque de sa royauté qu'il dedaigne, pourtant il fait porter son septre apres luy, comme il se prouue par ces vers d'vn Poëte Asinaire.

Entre les animaux l'Asne a la Royauté,

Puis qu'on porte son scepre apres sa majesté.

Expositiõ de Ari en la loüange de l'Asne. Et pendant qu'on l'accompagne par la ruë, dittes moy par courtoisie, que chante-on autre chose sinon cest *Ari*, dont ie parloy maintenant, qui signifie Ah Roy! va deuant: car on parloit ainsi durant ce bon temps.

Or ce n'est pas assez de dire que ce sont fables, & qu'on ne luy cede chemin qu'à cause que c'est vn animal sans discretion: Messieurs non, au côtraire qui le voudroit dire mentiroit par sa gorge. Ie le preuue par vn argument *in Barroco*, qui oze nier que tous les prouerbes ne soyent vrays? & qui ne sçait qu'il y a vn prouerbe qui dit, que la discretion est mere des Asnes? ainsi l'Asne est fort discret, puisqu'il est fils de la discretion mesme. Enfant vrayment digne d'vne si digne vertu, & digne d'estre Seigneur, & Roy des Animaux, marche glorieux & triomphant; quant à moy ie n'oubli-

ray iamais de châter tes loüanges, & ce-
lebrer tes vert° miraculeuſes. Qui doute que ces grands Princes n'euſſent bié
recogneu ta valeur & tes merites quãd
prenants ta belle image en leurs entre-
priſes ilz la porterent en leurs armes &
enſeignes victorieuſes? de cecy m'aſſeu-
ray-jebié que l'Aſe vient de ſeoir, parce
qu'il eſt digne d'eſtre aſſis en grande
pompe & Majeſté, mais laiſſons ces
choſes à part, auſſi bien la mediſance
s'attaque touſiours à la gloire.

L'Aſne aux entre-priſes des grands ſei-gneurs.

Que ie vous monſtre que l'Aſne eſt
diſcret & pourtant bon compagnon, &
ce par vne action, comme digne de luy
ſeul. Ie crois qu'il eſt dans vne eſtable
au pres d'autres Animaux, & que l'vn
d'eux mete le nez dans ſa mangeoire, il
ne le chaſſe point, & ne ſe ſoucie pas
(comme les autres) de ſe batre pour ce
qu'il a deuant luy, mais comme liberal
& courtois il leur laiſſe ſa portion, ſe re-
tirant meſme le plus ſouuent encorés
qu'il euſt beſoing pour ſa nourriture, &
où me trouuerez vous vne autre beſte ſi
diſcrette & galante? Mais paſſant outre,
en ſon viure ordinaire il eſt ſi ſobre entre tous les animaux ſe contantant de ſi

Diſcretiõ de l'Aſne.

Frugalité de l'Aſne.

peu, supportant la faim & la soif si long temps, qu'il semble plustost manger pour viure, que viure pour manger.

Non que ce soit par delicatesse & friādise, côme les autres qui ne veulent que viandes choisies & de facile digestion, tant s'en faut, qu'au côtraire il est si simple & bonne creature qu'il ne met son appetit sur quelque chose que ce soit, se iettant aussi bien quand il est dans vn iardin sur les choux que sur les laittuës.

L'Asne ne fait point de difference en ce qu'il mange.

Quelque Historien faiseur de conte pourra peut estre dire que cela ne vient pas de sa simplicité, ou de son bon naturel: mais qu'il le faict à dessein, par ce que dans le grand Commentaire de Zoroaste, liure de *Quinta essentia orbium* chap. *mendacium.*

Bacchus ayant esté facillemēt seruy de l'Asne le veut faire transporter au Ciel par Jupiter.

Il se lit que Iupiter à l'instante priere du bon homme Silene, & selon quelques autres, à la requeste du bon Raillard Bacchus vouloit enleuer l'Asne au Ciel, & le mettre en la troupe des Estoilles, pour la iuste recompence de ses merites, & des bons seruices que ce Dieu vantru disoit auoir reçeu de luy en mille actions memorables, qu'il l'auoit porté long temps à l'aise du bedon, & si

commodement que bien qu'il fuſt yure,
il n'eſtoit iamais tombé à terre. Mais
en fin cette tranſlation ne ſe pouuoit faire ſans aſſembler le côſiſtoire des Dieux
& ſans leur commun conſentement, entre leſquels ce charlatan Mercure qui
fait le beau diſeur s'y oppoſa auec ani-
moſité, diſant que bien que l'Aſne fuſt
beſte de bien, doué de belles vertus,
que neantmoins il piſſoit ſi puamment
qu'il mettroit la peſte au Ciel, le coup-
peur de bourſe faiſant tant par ſon bien
dire que la pauure beſte demeura quatre doigs dehors. Mais le rouge Bacchus
tout enflammé de colere & de vin, com-
mençant de menaçer de ſterilité les vi-
gnes, de laiſſer manger le bourgeon aux
limaçons, & d'oſter du monde l'iuron-
gnerie conſolation des viuants, eſmeut
à pitié & à Iuſtice le bon Iupiter, qui
pour le contanter luy octroya que du
nom de l'Aſne ſeroient honorées deux
Eſtoilles qui ſont au ſigne de l'Eſcreuice,
& en vn autre endroict il mit ſa mangeoire, diſant ſ lors que l'Aſne au lieu de
ſa puâte vrine piſſeroit de l'eau de naffe
qu'il le contanteroit mieux, & que pour
cette heure ſa ſeigneurie Aſinine ſe

Mercure defend l'entrée du Ciel à l'Aſne.

Eſtoilles nommées du nom de l'Aſne.

contentaſt, & il l'aduertit que ce pendant il cherchaſt vne herbe qui eſtant
mangée faiɛt piſſer de l'eau de ſenteur,
mais ſi ne luy en dit-il pas le nom. Depuis (comme dit la Republique) Mõ-
ſieur l'Aſne mange de toutes ſortes
d'herbes, & ſur cela ces beaux faiſeurs
d'hyſtoires, que le bon compaignon
en mengeant ne faiɛt point de differē-
ce de la laittuë d'auec le chou, du chardõ
d'auec l'hortie, ny des herbes delicates
d'auec les eſpineuſes. Mais c'eſt ſeulement pour trouuer cette herbe qui a tãt
de proprieté, que le bon ſeigneur mã-
ge indifferemment de toutes. Et de là
aduient pour finir ce beau compte que
quand il a piſſé (pourueu qu'il ne ſoit
point deſtourné ny empeſché,) il ſent
ſon piſſat, & rechignant il leue le mu-
ſeau vers le Ciel en monſtrant les dents,
comme voulant dire, ô Iupiter eſt-ce
point eau de naſfe que ie viens de piſſer?
ou bien, Grand Iupiter permets à ces
dents de moiſſõner l'herbe que ie cherche, il y a ſi long temps. I'ay encore leu
dans vn bon Autheur que les Aſnes depuis tant d'années, bien qu'ils ayent
mangé de toutes ſortes d'herbes, n'ayãs
peu

*Pourquoy
l'Aſne
mange de
toute ſorte
d'herbe.*

*Pourquoy
l'Aſne le-
ue la teſte
en mõſtrãt
les dents
quand il a
piſſé.*

peu trouuer celle qu'ils desiroient s'af-
semblerent en vn Sinode & auec meur
iugement ayant long temps remarmot-
té entre eux delibererent à la fin (puis-
qué on prolongeoit tant le terme qu'ils
debuoyent voir leur image au Ciel)
qu'il failloit en attendant prier Iupiter
de les soulager en leurs afflictions. Et
pour cet effet ilz esleurent vn bel Asnõ
de bonne trongne, de belle presence, *Vne Asne*
& doüé d'vne haute & claire eloquen- *enuoyé en*
ce, qui acompagné d'vne moult grande *ambassa-*
Asinible compagnie, fust enuoyé à Iu- *de à Iupi-*
piter, où auec vne gratieuse entrée, & *ter.*
auec de non moins agreables qu'e-
stourdissants braillements, il luy fit entendre son ambassade, & auec tant de
delicatesse, que Iupiter en sousriant luy
respondit.

Asnes noble troupeau vostre mal cessera
Lors que de vostre vrine vn fleuue coulera.

Cette responce fut bien receuë de cette
troupe Asinissime, & comme simples & *Pourquoy*
bonnes gens, prenants pour verité les *quand vn*
parolles que Iupiter leur respondit par *Asne a*
raillerie ilz commencerent de l'essayer, *pissé en vn*
& de la vient qu'en vne compagnie *lien les au-*
d'Asne, le premier qui pisse est inuité *tres y pis-*
sent.

E

par les autres, & que vn Afne paſſant par
vn chemin ou vn autre aura piſſé, il y
piſſera encore, & ainſi l'vn apres l'autre
tous ceux qui paſſeront par là feront de
meſme, cette belle hiſtoriolette fut châ-
tée Aſineſquement par l'excellent Targa dans ces vers.

Hiſtoire
eſcritte
Targa.

Vn iour le peuple Aſnier enuoya dãs les Cieux
Vn Aſnon deputé pour ſuplier les Dieux
De leur permettre en fin vn bõ iour en leur vie
De cẽt mille trauaux de tout temps pourſuiuie.
Iupiter ne pouuant alors leur accorder
Ce qu'auec tant d'inſtance ilz venoyent de-
    mander
Leur dit que ce ſeroit lors que de leur vrine
Vn grande riuiere auroit ſon origine.
Les Aſnes dés ce iour, croyãts comme l'on dit
Ce qu'en ſe mocquant d'eux ce Dieu leur reſ-
    pondit,
Piſſent tous auſſi toſt qu'ils cognoiſſent la trace
Et l'odeur du piſſat de quelqu'vn de leur race.

Mais ne nous amuſons pas pour ſi peu:
ſuyuons & venons à raconter les rares
qualitez & vertus Aſinines.

Le Philoſophe Phiſiologus iure par
ſa barbe, (ſur la caution de Belluacenſis
en ſon miroir naturel) que l'Aſne recon-
gnoit la voix de ceux qui le gouuernẽt

L'Aſne
congnoit
la voix de
ſon mai-
ſtre.

ou qui frequentent en sa noble compagnie, mais il n'en failloit mie se donner
au diable puis que c'est chose qui se voit
tous les iours, que si quelque opiniastre
en doute encor qu'il lise le Comment
de Messer Grillon qui le confirme par
vn accidét qui luy aduint, dont ses vers
feront plaine foy.

Vn villageois pleurãt son pauure Asne esgaré
Le recherchant par tout triste & desesperé,
Print vn bon païsant voisin de sa Cabane
Pour auec luy se mettre en queste de son Asne.
Ainsi courants tous deux les champs comme
      des fous
Cherchãs l'Asne perdu qu'ils demãdoyët à to°,
En fin Messer Grillon les voyant hors d'alaine
Leur promit par pitié de les oster de peine
Leur faisant trouuer l'Asne & qu'il leur as-
      seuroit,
S'ils se vouloyët resoudre à ce qu'il leur diroit.
Alors ce villageois promettant de tout faire,
Le bon Maistre Grillon luy fit prendre vn cli-
      stere,
De vinaigre de sable & de sel composé.

*Medeci-
ne de mai-
stre Gril-
lon faite
pour vn
païsant.*

    Maistre Grillon luy en ayant ainsi
donné dans le Cul, il dit a ce bon homme qu'il se promenast parmy la ville, &
qu'il luy iuroit sur sa foy grillesque

qu'auant qu'il eut rendu ce cliftere qu'il
trouueroit fon Afne, Ce gros niais
croyant à l'excellence de maiftre Grillon s'eftant mis en chemin à grand ha-
fte auec fon compagnon fentit cefte
drogue qu'il auoit dans les boudins qui
bourdonnant, tonnant & barbotant
faifoit vn tel tintamarre dans fa panfe,
& auec tant de douleur que contraint
par le mal il commença de fe plaindre
auec des cris fi hauts que fon Afne l'en-
randit qui recongnoiffant la voix de sõ

Vn clifte-
re fait
bon Maiftre, bien qu'il fut bien renfer-
mé dãs vne eftable, & auec vn fort licol
trouuer vn attaché au ratelier fit vn tel fracas (beau
Afne. tefmoignage de l'amour Afinin) que
rompat t & licol & porte il accourut dif-
poftement aux hurlements de fon maiftre, chauuiffant des oreilles, le faluant
auec des braillements fi haut entonnez
qu'il en faifoit retantir le Ciel, & faifant
de fi belles petarrades qu'il couurit les
eftoilles de la pouffiere que fes gamba-
des firent eflever. Ce bon crocquant

La ioye
fait chier
voyant cette chere befte vray objet de
vn paifat. fes yeux en reçeut vne fi grande ioye
que fon boyau cullier s'eftant deftoupé
& eflargi fon ventre fe defonça dans fes

greggues, & auparauant que recondui-
re cet animal tout ioyeux, il alla trouuer
maiſtre Grillon pour le remercier de ce
bon office, & deſtachant à ſon venera-
ble nez, ſes brayes auec mille grands
mercis, il luy rendit ſon cliſtere: mais retournons à l'Aſne.

A tant de nobles qualitez nous ad-
iouſtons la patience qu'il fait paroiſtre
endurant auec tant de courage toutes
ſortes de trauaux ſans en faire vn pas en
auant, ſans en leuer la iambe pour ruer,
& ſans faire aucun ſigne de deplaiſir. Il
eſt à preuue de tant de coups qu'on de-
charge ſur ſon dos, il ne ſe ſoucie point
des aiſguillons dõt on luy contrepointe
la peau, ny des baſts peſants qui font de
ſon dos tant d'abreuuoirs pour les mou-
ches, & qui luy eſcorchent la crou-
piete.

*L'Aſne
eſt patiant
& labo-
rieux.*

Il ne refuſe aucune charge, il va ſans
opiniaſtreté, en quelque lieu qu'on le
vueille mener, il ne s'eſcrime point a-
uec des ruades, il ne iouë point de la
dent, il n'a point de malice, & s'accommode à l'humeur de celuy qui ſe veut
ſeruir de luy.

*L'Aſne
ne refuſe
aucune
charge.*

Iamais il ne ſe vange des coups de bâstons dont on luy ramboure les costes, & comme dit Pauzetta.

De cent coups qu'on luy donne il n'en fait point d'estat

Et ne veut point de mal à celuy qui le bat.

L'Asne ne se soucie point des coups de baston.

Il est si paisible & de si bon accord qu'auec quelque beste qu'on le mette il conuerse sans querelle & compatit aysement, il tient tous les animaux pour ses freres charnels bien qu'il soyent de diuerse espece.

L'Asne amy de la paix.

Outre cela il ne couste gueres, & ne depend gueres à son Maistre pour sa bouche ny pour sa couche, comme dit Squaquarella.

L'Asne fait peu de despence.

L'eau troublée & la paille est son vin & son pain,

Puis ayant contanté bien sobrement sa faim

Tout les iours sans manger il te fera seruice.

Il n'est pas seulement modeste à son manger mais encore à son boire, ce qui est bien remarqué par vn bon iurogne de Poëte qui dit.

L'Asne boit modestement.

Quand il boit, seulement il semble baizer l'eau

Sans côme le cheual mouiller tout le muzeau.

Columella afferme qu'entre tous les animaux l'Asne nous est le plus neces-saire, l'Asne (dit-il) laboure la terre, il ti-

L'Asne sert à plusieurs ope-rations.

re à la charüe il tourne à la meule, il porte le bled, & en toutes autres commoditez il est fort propre, il n'y a mettairie
casuette ny lieu quel qu'il soit où ce bon
animal ne soit desiré.

Auec le col, le dos, à tous ses nobles
membres il peut commodement tirer,
porter & conduire d'vn lieu en vn autre tout ce qui est necessaire à l'vsage de
l'homme, ce qu'vn autre animal que luy
ne peut faire.

Les Cheuaux, les Mules les Bœufs
peuuét tirer & porter de grandes charges, mais non pas entrer dans les mai-
sons, ou s'ils y entrent c'est à force de
baston; mais l'Asne familierement & asseurement au premier signe qu'on luy
fait, il entre dans les moulins, dans les
logettes, dans les chambres, il monte
aux greniers & descend allegrement sás
estre empesché de la corne comme les
Bœufs, ny sans ombrage comme les
Cheuaux & les Mules.

Son maistre est dechargé de tout
soing de luy faire prouision d'auoine &
de foin, comme il faut faire pour les autres animaux, parce que (cóme i'ay dit)
tout luy fait ventre.

L'Asne entre & chemine aysemene par tout.

Il n'est point retif ny ombra- yeux.

L'Asne mange de tout & par tout.

Par le chemin (bien qu'il soit chargé) il prend ce qui luy fait besoing, & entrant en quelque lieu que ce soit il préd vn morceau s'il le trouue, & bien que en le faisant trauailler on le laisse deux & trois iours sans manger, il ne s'en fasche point comme font les cheuaux hannissants & frapants la terre du pied si on ne leur dōne leur ordinaire à leurs heures. Mais l'Asne sans manger & sans estre suyui fait ce qu'on luy commande, & ce qu'il a de coustume de faire.

Il se montre bien sobre & de bonne nature
Lors que portās du vin il boit l'eau toute pure.

On cheuauche l'Asne aysement auec la bride & la selle

Nous ne doutons point que tous les animaux n'ayent esté creés pour le seruice de l'homme, mais l'Asne est son chef d'œuure entre eux pour nostre cōmodité: car outre ce que nous auons dit, il se laisse encor mettre le mors dās la bouche, la selle sur le dos, & le reste de l'arnest propre à la Caualerie, dont il est tout glorieux comme dit Bastaruolo.

Tous les iours d'vn gros bast son dos est escor-
ché,
Mais lors qu'vn iour de feste il est mieux ar-
naché

Il

Il semble vn vray Docteur.

Et se voyant ainsi arnaché & caparassonné il se remue auec tât de grace prenât son amble qu'il ne trauaille aucunement celuy qui le monte.

Ces belles & honnorables qualitez ayant esmeu nostre grand'mere elle luy donna vn priuilege dont il iouyt tout seul entre le reste des creatures, qui est qu'il ne ressent iamais ceste vermine que l'on nomme des Poux, ce qui est galantement remarqué par Fanetta.

L'Asne n'a point de poux.

La nature en cela lime bien mieux que nous
Puis que iamais sur luy ne s'engēdrent les poux.

Il iouit encor d'vn autre priuilege solennel, que la nature liberalle luy a permis à luy seul qui est (comme Pline escript) que l'herbe nommée *Ferula* tuë tous les animaux, si tost qu'ils l'ont touchée hors mis l'Asne, à qui elle sert d'vn bon repas.

La Ferule ne nuit point à L'Asne.

Outre ce il n'a point de fiel au corps comme on le cognoist aisement par l'anatomie sans en prendre à tesmoing Aristote qui le confesse au quatriesme liure des parties des animaux.

Il n'a point de fiel au corps.

Il ne faut donc point prendre pour vne merueille de le voir viure fraternel-

F

lement auec les animaux & seruir l'hôme si loyallemét. C'est ce que le mesme
Poëte a remarqué quand il dit.

L'Asne n'imite point le Renard plein de ruse
Et qui malicieux tous les iours nous abuse,
Iamais l'Asne ne fait aussi de mauuais coups
N'assassinant personne ainsi que font les loups,
Mais viuant fort paisible en tous lieux de la
   terre,
Il ne donne iamais aucun suiet de guerre.

    Aussi ceux-là qui prennent plaisir de
cheuaucher l'Asne font bien paroistre
leur iugement faisants election du plus
noble animal, dont la nature se puisse
väter, ce n'est dôc pas sans raison de ce
qu'vn Poëte exhorte de le môter disât.

Qui craint d'aller à pied ou de deuenir las,
S'il est sans haquenée ou sans cheual de pas,
Doit monter sur vn Asne à fin d'estre à sô aise.

Et puis il adiouste en chantant Asines-
   quement,

L'Asne comme il paroist fut fait de la nature,
Pour seruir aux humains d'vne douce monture
Mesme encor auiourd'huy l'on en vse en Leuant
Et croy bien qu'entre nous on s'en iroit seruant
Si nous ne desirions les choses impossibles.

Et le mesme Poëte pour confirmer quel
plaisir on prend d'aller sur vn Asne reci-

Cheuau-
cher l'Af-
ne est signe
de bon iu-
eme nt.

te en peu de vers, certe bello petite hi-
ftoriette.

Ie me fouuiës encor' qu'vn galland gentilhôme
Voyât vn iour foueter vn couppebource à Rôme
Monté deſſus vn Aſne allant tout doucement
Luy dit pauure garçon touche plus viſtement.
L'autre auec la façô d'vn homme qui meſpriſe
Luy reſpondit foudain touche l'Aſne à ta guiſe
Alors qu'on te fera promener comme moy.
Laiſſe moy donc aller à ma mode & tay toy.
Delà l'on peut iuger & croire tout enſemble
Qu'il eſtoit à ſon aiſe allant vn ſi doux amble.
Encor' qu'auec le fou et il fut dechiqueté
Et qu'il n'auoit iamais eſté ſi bien monté.

Douces &
plaiſantes
alleures
de l'Aſne.

Que l'Aſne n'ayt autant d'entendement que l'Elephant, & qu'il n'ayt de
l'aduantage ſur luy en cette partie, outre
que l'experiance nous en fait foy, ie rà-
conteray vne hiſtoire Aſininiſque que
Iean Leon, Afriquain Coſmographe
fort diligêt a mis dàs la huitieſme partie
de ſõ grãd volume, où il deſcrit les choſes plus remarquables de l'Afrique, &
diſcourãt du Caire il eſcript ces paroles
ſuyuantes.

Là ſe treuuent pluſieurs Batteleurs, &
meſme de ceux qui font dãcer les Cha-
meaux, les Aſnes & les Chiens, choſe

Hiſtoire
de l'aſtuce
de l'Aſne.

fort plaisäte en l'Afne parce q̃ si quelq̃s-
fois l'vn d'eux cóme l'Afne a dãcé il luy
dit. Que le Soldan veut faire esleuer vn
grand bastiment, & qu'il cherche to⁹ les
Afnes du Caire pour porter la chaux, les
pierres, & les autres chofes neceffaires,
alors l'Afne fe laiffant tomber à terre, &
tournant les pieds au Ciel, s'enfle le vé-
tre, & ferme les yeux comme s'il estoit
mort. A l'heure ce charlatan fe plaint, à
tous ceux qui fönt prefents d'auoir perdu fon Afne, les priant que chacun luy
donne quelque chofe pour le foulager
en fa perte, & puis ayant tiré d'eux ce
qu'il peut, il leur dit qu'ils ne p̃efent pas
que fon Afne foit mort, mais c'est que la
pauure beste fçachant la pauureté de fõ
Maistre, a vfé de cette rufe, à fin qu'on
luy donnast quelque piece d'argent
pour auoir du bled. Puis fe tournãt vers
l'Afne, il luy dit qu'il fe leue, le chargeãt
de baftonnades fans qu'il fe remüe, &
apres il repr̃et la fable difant Meffieurs,
Le Soldan a fait auiourd'huy faire vn
cry public, que demain tout le peuple
forte de la ville pour le voir triompher,
commandant que toutes les belles Dames foyent montées fur des Afnes, à

L'Afne feint d'e-ftre mort.

qui elles donneront tous leur sol d'orge & à boire de bonne eau du Nil, ces parolles ne sont pas presque acheuées que l'Asne sauté sur pieds, bramant & faisant mille tours de souplesse & d'alegresse, & le bastelleur poursuit encor.

Il est vray que le corporal de nostre quartier m'a demandé mon galand Asne pour porter vne vieille & laide femme, qui se veut trouuer à ce triomphe. *L'Asne fait mine de n'aymer point les femmes laides.*

A ces parolles l'Asne (comme s'il auoit l'entendement d'vn homme) faict le boiteux, feignant d'estre estroppié. A lors le charlatan dit. Comme les ieunes & belles Dames te plaisent donc ? Et l'Asne baissât la teste sêble dire qu'ouy.

Asne dit-il apres, en cette compagnie il y en a plusieurs belles & ieunes, monstre moy celle qui te plaist le plus, l'Asne à lors tournant tout au tour de ceux qui le regardent, choisissant la plus belle féme qu'il y trouue il la touche de la teste, & tous les assistans s'escrient adressant vers elle leur voix, ho la madame de l'Asne, & ainsi le Batelleur monte sur son Asne, & va chercher pratique d'vn autre costé. *Il ayme les belles femmes.* *Iugement de l'Asne.*

Et quel plus bel exêple voulons nous *L'Asne va à l'escole.*

chercher pour monstrer combien l'Afne est docile, que celuy qu'Ammonius
Philosophe Alexandrin raconte, disant
auoir eu luy mesme vn Asne pour disci-
ple, qui tous les iours assistoit à ses leçõs.
Cette merueille esmeut Taccola de
chanter.

> *Vn Asne se monstra si desireux d'aprendre*
> *Qu'il alloit tous les iours vn Philosophe en-*
>   *tendre.*

l'Asne est Mais à quoy sert-il d'amasser icy tant de
Astrologue loüanges ? comme s'il ne suffisoit pas de
dire seulement ce que le mesme Poëte a
chanté.

> *Qu'il sçait l'Astrologie, & qu'auecques ses*
>   *chants*
> *Il annonce premier le retour du Printemps,*
> *Et pour nous en monstrer vn plus clair tes-*
>   *moignage ;*
> *C'est que l'on tient par tout pour vn certain*
>   *presage*
> *De la pluye aduenir si l'oreille baissant*
> *Il bat du pied la terre alors qu'il va paissãt.*

L'Asne *fait co-* Et selon que l'escrit Isidore dans le li-
gnoistre l'e- ure de ses Etimologies, l'Asne est l'au-
quinoxe gure de l'equinoxe, par ce qu'alors il
chante douze fois le iour , & autant la
nuit si bien que galantement il nous sert
d'vn doux horloge qui auec vn agrea-

ble clairon nous marque toutes les heures, & encor que quelques vns l'enten-
dent de l'Asne sauuage c'est toujours vn
Asne.

Mais puis que nous en sommes sur la
Matematique, ie veux prouuer qu'il est
chantre excellent & docte Musicien, &
ie le prouue par deux façons.

Premierement par l'autorité de plusieurs escriuains dignes de foy, entre
lesquels Iules Cesar Caporali Poëte fameux en ce siecle le chante ainsi,

C'estoit vn iour de May que les Asnes assis
Dessus l'herbe assemblez cinq à cinq six à six,
Chantoient de doux motets embouchant la
trompette.

Et vn autre plus vieux Poëte nommé
Mescola se sentoit si doucement rauir à
soy, oyant cette Musique Asininine
qu'il dit.

Aussi tost que i'entends la mignonne armonie
De ces doux rossignols s'il me préd quelque enuie
De relascher mon ventre il m'eschappe soudain.

Secondemét par les trois qualitez, ne-
cessaires à la perfection d'vn sçauát Musicien, qui sont la voix, l'oreille & la mesure. Pour la premiere il a si bonne voix
& si bonne halaine, que non seulement

pour vne chapelle, mais auſſi pour vne
campaigne, il n'a point de pareil. Pour
la ſeconde il n'eſt pas beſoin d'en iurer
trop, car ma foy vn ſeul Aſne a plus d'o-
reilles que vingt cinq chantres, & puis
quand il chante côme les tient il droit-
tes & attantiues? Pour la troiſieſme qui
eſt la meſure, chacun ſçait que madame
nature luy en a donné vne belle lon-
gue & groſſe piece, & partant n'eſt-il
pas queſtion de s'y arreſter. Mais diſôs
ſeulement ſur ce ſuject que tous les Aſnes d'vne meſme façon ſont capables de
cette ſcience, & que chacun ſans pree-
minance peut eſtre auec raiſon bon &
ſuffiſant maiſtre de cœur, comme on en
peut iuger: quelquesfois on entend leur
cert à deux & à trois parties, ſelon qu'ils
ſe rencontrent enſemble, & quelquefois on entend des repriſes, des fredons
& paſſages faicts ſi à propos que c'eſt
merueille, à lors qu'ils s'y mettent tout
de bon, on entend ces contrepoints
doubles, ces faux bourdons, ces frigues
renuerſées, & en ſomme des accens, &
des ſouſpirs, adoucis auec tant de grace
qu'eux meſmes eſtonnez de leux douce
armonie roulent les yeux dans la teſte,

Tous les Aſnes ſôt également bons muſi-ciens.

ferment

froncent le fourcil, leuent les oreilles, femblent qu'ils tombent en extafe tenants toufiours la mefme forme, fans allonger ou accourcir d'vn jotta la batture, finon quand ils font des feintes & des demies, & à lors ils changent fi artificieufement que Luppachino, Orlãde de Laffus, Boni, & autres ne les ont peu iamais imiter.

La bature de l'Afne

Maintenant laiffant à part la folfa, & quittant les Mathematiques il me vient vn doute en l'efprit, qui eft que puifque l'Afne a de fi belles parties & fciences, il n'y a point d'apparence que le Lion ayt vfurpé la Royauté fur luy, à qui pourtant on donne cette dignité entre les animaux de la terre, comme à L'aigle entre ceux de l'air. Ie penfe toutesfois pour diffoudre ce doute, que cela vient en partie de l'ignorance du peuple, & partie auffi du bon naturel & fimplicité de l'Afne, qui aymant la paix & rejettant toute ambition a mefprifé ces tiltres de Roy & de Seigneur, non qu'il ne foit plus vaillãt & genereux que le Lion mefme, car Plutarque efcrit dans la vie d'Alexãdre, qu'vn Afne priué tua d'vn coup de pied vn grãd & fu-

Pourquoy le Lion eft nommé Roy pluftoft que l'Afne.

G

rieux Liõ: mais venons à ſes autres vertus.

Accortiſe de l'Aſne. Que Monſieur l'Aſne ne ſoit accord &
bien aduiſé, ie ne croy point qu'il y ait
homme au monde qui ne le cognoiſſe,
ou ne le ſçache par cœ̃ iamais il ne veut
paſſer par vn lieu où il aura bronché, &
qu'écor que ſon maiſtre luy vueille cõ-
traindre à grãds coups de baſton, pourtant il eſſaye touſiours de n'y mettre
point le pied, comme la fort bien remarqué le Cuyſinier de l'Empereur.

O ſi l'Aſne pouuoit ainſi que nous faiſons
Faire par la parolle entendre ſes raiſons
Que bien toſt ſa prudence il nous feroit cognoi-
ſtre.
Mais par ſes actions il la fait bien paroiſtre
Ne repaſſant iamais le deut-on eſcorcher
Aux lieux où parauant on la veu tresbucher.

Aſne miroir de patience. Nous ne pouuons nier que l'Aſne ne
nous ſerue de miroir & d'exemple de
patience, auſſi voyons nous qu'en toutes affaires vn pere aduertiſſant ſes enfans d'eſtre patiants, leur dit qu'ils facẽt
dos d'Aſne.

Conſtance d. l'Aſne. Parlons maintenãt de la cõſtance qu'il
montra bien aux Padoüans, qui ayants
tiré dans leur ville vn petit canal de l'eau

de Bacchilion qu'ils meslerent dans la
Breute , ou l'Asne auparauant, auoit
accoustumé d'aller boire, il creut qu'ē
meslant cette eau ilz luy auoient fait vn
si grand outrage, qu'il ne leur fut iamais
possible depuis de le faire boire de cette
eau, d'où est venu le Prouerbe que toute Padoüe n'eut pas le pouuoir de faire
boire vn Asne, parce qu'il perseuere tres
constamment en cette glorieuse resolu-
tion, aussi si nous voulions faire nostre
deuoir,

Nous deurions bien oster le bōnet par hōneur
A l'Asne tout ainsi qu'à quelque grād Seignr.

Mais puis que nous ne voulons point
faire ce que nous deuons, & que nous
dedaignons de luy rēdre l'hōneur qu'il
merite, pour le moins resoluōs nous d'ē
plus faire d'estat par cy apres, & resou-
uenons nous que pour ce mespris que
nous en faisōs il nous en pourra arriuer
quelque grand dommage, & peut estre
la mort mesme.

Et qui ne sçait encor le malheur qui
aduint à Midas à cause qu'il outragea les
Asnes? qu'on regarde son portrait, & on
luy verra des oreilles aussi grādes q̃ celles d'ū Asne, Pindullo l'escrit fort à propos disant,   G ij

Honte du
Roy Mi-
das pour
auoir me-
prisé les
Asnes.

Que Midas qui par tout les Aſnes tour-
mentoit

Fut puny de Bacchus ainſi qu'il meritoit.

Mais parlōs de ceux qui ſōt ven°à l'extre
mité de la mort pour luy auoir fait tort.

Il y a quelques ans que me trouuant à
Zars vile d'Eſilanrine ie vis mener pē-
drevn pauure diable nōmé Iacques Garelaſne, qui ayant eſté amené priſon-
nier auec d'autres voleurs que le Iuge
fit mettre à la queſtion pour leur faire
cōfeſſer les crimes dōt on les accuſoit,
& n'en pouuāt rien ſçauoir, ayant en fin
conſideré le nom de ce Garelaſne, qui
luy eſtoit quelque indice d'vn grand
crime, il le fit ſi bien tirerque ce miſerable confeſſa tout ce que ſes cōpaignōs
& luy auoient cōmis, & ainſi auec eux
il fut cōdāné d'eſtre pēdu par ſa gueule.

Actiōma-
gnifiquede
l'Aſne.
Si cet exemple ne ſuffit ſouuenez vous
encor du Philoſophe Philemō, qui vou-
lāt prendre plaiſir de ſon Aſne qui par
vne ſinguliere magnificence s'eſtoit mis
à māger des figues qu'il auoit fait mettre ſur la table pour ſon diſner s'eſbouf-
fa tellemēt de rire qu'il en mourut, cōme
la fort biē dit l'hoſte de Frācolin diſant,

Que Philemon voyant vn Aſne fort affable
Manger deuant ſes yeux des figues ſur la table,

Rit de telle façon qu'il en demeura mort.

A ce propos vn homme d'honneur &
de creáce, asseure qu'en la ville de Luc-
ques en Toscane, il y auoit vne fois vn
homme (de qui il taist le nom par respect) qui ayant demeuré six iours malade sans aller du derriere, il enuoya que-
rir vn Medecin qui luy ordonna quelques morceaux de casse preparée. L'A-
potiquaire l'ayant aportée, il la mit sur
vn banc dans la chambre du malade, ou
pandant qu'il estoit au lit, vn Asne (seruiteur de la maison) estant entré voyant
cette casse & croyant qu'elle eut esté ap-
portée pour luy, il mit fort bien les iã-
bes sur la table, & mangea la medecine,
le malade en print vne si grande enuie
de rire, que ne pouuant se leuer a temps
sans vser de casse, il accouche du cul dãs
les draps, & nous pouuons dire auec le
Poëte,
Que le ris luy seruit mieux que sa medecine.

Mais si nous tournants d'vn autre costé nous considerons combien de bons
succes a presagé la rencõtre des Asnes,
nous aurons sujet de l'honnorer & d'en
faire cas, car ses bons augures (quand
on les a religieusement obseruez) ont
sauué la vie à beaucoup de gens, & ont

Heureux augures de l'Asne.

signifié la victoire des batailles plus douteuses.

Et qui fust-ce qui sauua la vie à C. Marius qui auoit deja esté six fois consul si ce n'est cet Asne, dont considerant si curieusement toutes les façons, pendāt que les Minturniens le tenoyent prisonnier en la maison de Fanius, il le vit auec tant de vitesse sortir de ce logis & courir boire dans le ruisseau prochain? Marius ayant ainsi pris garde aux progres de cet Asne, voyant que les Dieux l'aduertissoyent par luy du moyen qu'il deuoit tenir pour se sauuer, s'embarqua au riuage proche, & fit voile en Afrique.

Plutarque en la vie de Marius.

Et qui donna certaine esperance au grand Octaue Cesar de la victoire Nauale qu'il remporta sur Marc Anthoine sinon cet Asne, qu'il trouua sur le bord de la mer auec son maistre, le matin qu'il deuoit donner la bataille? Parce que comme accord & prudent Capitaine, ayant demandé au maistre de l'Asne son nom & celuy de sa beste, & ayant sceu qu'il s'apelloit Fortuné, & l'Asne victorieux, il creut la victoire asseureé de son costé.

Plutarque en la vie de M. Anthoine.

Auffi apres qu'il fut demeuré vein-
queur pour la iufte recongnoiffance de
cet heureux aufpice , il efleua vn trophée des pointes des nauires conquifes
fur le lieu où il fit la rencontre Afinifque, y laiffant encor pour memoire e-
ternelle, vn Afne de fin metal.

*Afne vi-
ctorieux
efleué par
Octaue
Cefar.*

De plus on lit dans les hiftoires Grecques, que les peuples de Caramanie, re-
gion qui fert de côfins aux Indes fe fer-
uoyent pour la guerre d'Afnes au lieu
de Cheuaux, ce qui leur reuffit à victoire
plufieurs fois parce que la voix de l'Afne eftonne plus que la ferocité du
Cheual.

Vincent Cartari en fon liure des I-
mages des Dieux anciens, dit que les
Ambraciots & Sicioniens, peuples de
Grece, fe faifants la guerre, & que ceux-
cy ayants dreffé vne ambufcade à ceux-
là, vne nuit qu'ils deuoyent faire vne
fortie fur eux, il aduint qu'vn Afne
chargé que fon maiftre touchoit vers la
ville, fentant vne Afneffe denant luy, la
fuyuit braillant à plaine tefte en dou-
blant le pas plus vifte q̃ fon maiftre, qui
ne le pouuant fuyure, fe mit a crier de
fon cofté, & faifant de cette façon dou-

*Des em-
bufches
decouuer-
tes par vn
Afne.*

bler la voix à la beste qui l'entendoit encor mieux que luy ilz firent vn si grand bruit que les Sicioniens ayants pris l'alarme, & croyants d'estre decouuers de l'ennemy sortant de l'embusche, & prenants la fuite furent suyuis des Ambraciots qui les mirent en route, & depuis ayants jetté en metal vn bel Asne, ilz l'enuoyerent offrir à Delphe au temple d'Apollon, en memoire & remarque de ce bienfait Asinisque.

Bacch⁹ & Vulcã combatoient contre les Geants estants montez sur des Asnes.

Higinus dans son histoire escript que lors que Bacchus & Vulcan entrerent en combat contre les Geants qu'ils estoyent montés sur des Asnes.

Les Asnes demeurent vaincœurs par leurs braillemments.

On lit encore dans Herodote pere des histoires Grecques que Darius allant à la guerre contre les Scithes, fit mener vn grand nombre d'Asnes, qui auec leurs braillements mirent en fuite tous les Cheuaux des ennemis, & que depuis les Scithes estants venus assaillir la Perse, leurs Cheuaux s'estants encor espouuantez de la voix des Asnes s'enfuirent.

Le Tabourin des Muses estant inuité par vn si grand effet de chanter cette victoire dit.

Que

Que les Scithes armez oyants les Asnes braire

Tourneront effrayez le dos à l'aduersaire.
Auons nous pas bien raison de faire beaucoup d'estat de l'Asne ? & bien que de nostre temps (où il est en mespris) on le donne presque pour rien , toutesfois anciennement il estoit en plus grand prix que tout autre animal du monde. *Vn Asne de grand prix.*

M. Varron asseure que de son temps vn Asne fut vendu soixante sexterces, qui reuiennent en nostre monnoye à la somme de cinq cens escuz, adioustât de plus qu'il en auoit veu védre quatre, qui furent acheptez quatre cens sexterces.

Pline escript qu'vn Asne fut vendu d'vne si grande quantité d'escus qu'il ne m'en souuient pas, mais chacun le peut trouuer dâs le septiesme liure de son histoire naturelle.

Lampridius raconte que Heliogabale voulant monstrer aux Romains sa magnificence, leur donnoit des Asnes, disant que la qualité de ce present estoit vrayement vn don d'Empereur. *Les Asnes sont les dons d'vn Empereur*

Mais Paul au premier liure de son voyage au grâd Can en Cattray au chap.

H

vnziefme parlant des Royaumes de
Perfe dit.

Qu'il fi trouue les plus beaux & grãds
Afnes qui foient au monde & qui auffi
font vendus plus cher que les cheuaux
à caufe qu'ils font petite defpéce, qu'ils
portent de grandes charges, & qu'ils
font beaucoup de chemin par iour, ce
que les cheuaux ny les mulets ne peuuent faire. Auffi les marchãds de ce païs
allants de Prouince à autre, eftants contraints de paffer par de grands deferts
de fable, où il n'y a ny herbe ny puis
pour faire de grandes iournées fe feruét
d'Afnes, par ce qu'ils font plus viftes
que les cheuaux, & qu'ils les menent à
moins de frais ; ils fe feruent en mefme
qualité de cheuaux, mais plus incom-
modement par ce qu'ils font beaucoup
moins de chemin.

Entende-
ment d'vn
Afne.
De plus Iean Leon raconte qu'en vne
ville nommée Royette efloignée d'v-
ne licuë de la mer Mediterranée, il y a
vn faux bourg, où on nourrit des Afnes
pour les voictures de ceux qui vont en
Alexandrie, & celuy qui s'en fert n'en a
point de foing par ce que fans eftre cõ-
duits ils vont tout droict iufques au lieu
où ils doiuent eftre dechargez,

Depuis le matin iufques au foir, ils font quinze grandes lieuës toufiours le long de l'eau de la mer, dont les flots viennēt iufques au pied des Afnes. Le mefme Autheur affeure que dans les defers on trouue des Afnes gris qui font fi viftes qu'ils ne cedent à la courfe qu'aux Barbes feulement.

Mais pofant le cas q̃ l'Afne n'ayt aucune qualité de celles que nous auons prouuées eftre en luy, pourtāt nous ne pourrons iamais nier qu'il n'en ayt vne qui luy peut donner l'aduantage de nobleffe & perfection fur tout les animaux (i'excepte les hommes) qu'aye iamais produit la nature, qui iamais ne fonge à faire l'efpece des mulles & des mulets, & c'eft l'Afne qui la produit & l'entretient au monde pour la commodité de l'homme, comme l'experience le tefmoigne, & fur ce fujet vn petit gambetorte crieur de Sardines chante,

L'Afne prodnit vne efpece d'Animaux que la nature n'a pas produit.

    Qu'on faifoit de l'eftat d'vn Afne au pre
        mier âge,
    Puniffant les mefchants qui luy faifoient
    outrage.

Et qui eft l'animal qui n'a iamais de terme prefix pour ne faire plus d'enfans

L'Afne toufiours fecond.

finon l'Afne? qui (felon le raport de Pline au huictiefme liure) ne ceffe iamais d'engendrer tant qu'il eft viuant.

Honnefte- Le mefme Autheur au mefme liure no° *té de l'Af-* fait foy de la honte honnefte de l'Af- *neffe.* neffe qui fe cherche quelque lieu à l'efcart, & hors des yeux de l'homme quãd elle veut accoucher ; mais me voulant retirer deformais de cette partie, & trouffer bagage,

Ie conclus que ie me fuis contanté de raconter ce petit nombre de cesqualitez , ne voulant entreprendre de les loüer toutes, de peur de femblervouloir mettre l'eau de la mer dans vn petit verre, & comprendre l'infinité.

Ie ne veux pas toutesfois oublier d'adjoufter pour la fin de cette premiere partie ce que Rodello Veffica croyoit fermement de luy, quand il chanta.

Ha qu'il feroit bon voir vu Afne lire en chaire

Deuant mille efcolliers, comme on luy verroit faire,

Si tant de beaux Docteurs en fa place auiourd'huy

Ne faifoient en public des offices pour luy.

En fin pour tout ce qui refte à dire

& ce qui se pourroit dire, le naturel Asinin est tout bon, tout affable, tout humble & tout courtois, quatre qualitez qui
sont du tout contraires à la poltronne-
rie, à l'orgueil, à la mauuaise nourriture,
& à la forfanterie des autres animaux.

Qualitez vertueuses de l'Asne côtraires au naturel des autres bestes.

Fin de la premiere partie.

DE L'EXCELLENCE ET
NOBLESSE DE L'ASNE.

SECONDE PARTIE.

TOVT ce que nous auons raporté dãs la premiere partie pour prouuer la Noblesse & perfection de l'Asne, n'est rien en comparaison de l'vtilité que nous tirons de ses excrements, & de ses membres apres sa mort.

Et afin que toute personne de quelque condition qu'il soit cognoisse que ie dis vray, i'ay deliberé dans cette seconde partie de choisir quelques qualitez, commenceant par sa chair, laquelle quand elle est d'vn ieune Asne est de meilleure saueur & de goust plus delicat que quelque autre chair que ce puisse estre.

Que si elle n'est en tel vsage q̃ celle du veau ou du mouton, cela aduient sans doute, à cause que la nature qui'a entre-

pris de conſeruer diligemment toutes
les eſpeces des animaux, pour empeſ-
cher que l'homme n'en print enuie de
máger, en a mis le nom ſeulement à ră-
cœur & degouſt, de peur q̃ ſi l'hõme en
gouſtoit vne fois affriandé de cette de-
licateſſe, & meſpriſāt toute autre chair, *Chair ſa-*
ne voulut manger autre choſe, d'où nai *uoureuſe*
ſtroit la deſtruction de l'eſpece de l'Aſne *de l'Aſne*
qui ſeroyĕt en fin à auſſi haut prix qu'ils *& pour-*
eſtoyent au temps de Varron & de Pli- *quoy on*
ne comme nous auons dit. *n'en vſe*
pas.

Delà tant de pauures hommes qui ſe
nourriſſent eux & leur famille du trauail
d'vn ſeul Aſne ſeroyent du tout ruinez,
ne pouuant donner tant d'argent pour
l'auoir.

Les friands d'Ecoſſe iureroyent tous
que la chair de l'Aſne eſt la plus ſauou-
reuſe viande qui ſe retrouue comme ie
l'ay ouy dire de ce Gentil-homme Eſ-
coſſois qui deuint ſi ſçauant que toute
l'Italie en demeure eſtonnée, & qui depuis fut miſerablement aſſaſſiné dans
Mantoüe, ce Gentil-homme m'aſſeura
qu'en Ecoſſe on ne faiſoit point d'e-
ſtat d'vn feſtin où l'on n'auoit pas ſeruy
de la chair d'vn Aſnon.

Au temps de Pie cinquiefme de bonne memoire n'auoit-on pas de ja commencé de la mettre en vogue aux banquets plus fomptueux? & fi la table ronde de l'Illuftriffime de T. que l'on nommoit *il Triclinio* pouuoit parler, elle nous diroit de combien de jeunes Afnes elle fut chargée en cette faifon. Mecenas n'en vfa-il pas par exquife friandife?

On lit qu'autresfois en la ville de Samarie vne tefte d'Afne fut venduë quatre vingts liures, celuy qui l'achepta la mãgea auec autãt d'appetit & de delice que ces friands morceaux dont les tables de Sardanapale ont efté iadis renommées.

Tefte d'vn Afne bien cherremẽt vẽduë.

Plutarque raconte qu'en vne guerre que fit Artaxerxes vne tefte d'Afne fut auffi venduë en fon armee, foixante drammes qui font fix de nos efcus.

Mais ne parlons plus de la chair de la befte d'vn Afne, difons feulement quel profit on reçoit du teft, où les Italiens y trouuent tant de proprietez & de vertus que c'eft merueille.

De la vient qu'au terroir de Breffe on voit en diuers lieux dans les champs des teftes d'Afnes à la cime de grands
paux

paux, d'où le peuple croit qu'il y a des forcieres qui s'en seruent.

Les Lapidaires disent que l'on trouue dans le col de l'Asne vne pierre nómée pierre d'Asne, dont les Magiciens font grand estat, & c'est peut estre celle-là qu'Albert le grand appelle pierre d'Asne.

Or venons à ses tripes & boudins.

Dioscoride escript que le foys de l'Asne mangé à ieun, guerit ceux qui tombent du haut mal, adioustant que l'ongle de l'Asne pilée, puluerisée, & beuë auec du vin blanc a le mesme effet aussi.

Le foys & l'ongle de l'Asne guerissent du haut mal.

Le fiant de l'Asne reserré dans vn mouchoir, & mis sur la teste de celuy qui pert le sang par le nez, l'arreste & le guerit selon l'opinion de tous ceux qui ont traicté de la medecine.

Le fient de l'Asne arreste le sang.

Pline veut que le lait d'Asnesse soit bon pour ceux qui ont beu du poison, & qu'il soulage encor les douleurs de ceux qui sont tourmentez de la goute.

Il adiouste encor que ce lait meslé auec du miel, est vn souuerain remede à ceux qui ont la dissenterie quand on en boit a ieun.

Le lait d'Asnesse bon pour la goute.

I

Pour la dissenterie. Finalement l'Academie vniuerselle des Medecins est d'accord que le lait d'Asnesse remedie à mille maladies que ie ne veux pas icy nombrer, pour le moins sçay-je bien comme tesmoing oculaire qu'vn mien amy affligé de la *Et pour la pierre.* pierre ē ayāt beu pour vn dernier remede en reçeut tant d'allegeance qu'ē l'extremité de la mort, où les tourments de sa maladie l'auoyent reduit il recouura sa premiere santé.

Et pour rendre le teint delicat. Sue tone rapporte que Popée fēme de Neron se baignoit tous le matins dās du lait d'Anesse pour maintenir & augmenter sa santé, sa beauté & sa delicatesse, & se montrer plus fraische, faisant nourrir pour cet effet en quelque lieu qu'elle fust cinq cens Asnesses, ce que *Ieanne Royne en vsoit pour cela.* de nostre temps quelques grandes Dames ont fait, & entre les autres Ieanne Reyne de Naples.

Diuers medicaments par Auicēne. Auicenne dit que la chair de l'Asne mangée guerit la lepre: que le foye rosty sert à l'apoplexie, qu'estant mis en poudre meslé auec de l'huile il guarit les escrouelles, que la chair bruslée, & la cendre paitrie auec de l'huile guarit les creuaces qui viennent de froid, & que l'vrine foulage la douleur des rains.

Galen adioufte que l'vrine de l'Afne fauuage rompt la pierre dans la veffie, & que fon fient, amaffé alors qu'il repaift, mis en poudre, & beu auec du vin, fert contre la picqueure du Scorpion, outre que le lait d'Afneffe fert d'allegement a celuy qui à la toux à l'hidropique, à celuy qui eft hetique, à celuy qui a durté de fois, & à celuy qui crache le poulmõ.

Autres remedes par Galẽ.

Efculape afferme que le fang de l'Afne beu auec du vin guarit la fieure quarte, que le lait confolide & refferre les genfiues, & que la ratte hachée bien menu, & meflée auec de l'eau, & puis mis en emplaftre fur les tetins d'vne fẽme dont le lait eft tary, le fait reuenir.

Autres medecines par Efculape.

Diofcoride enfeigne que l'vrine de l'Afne bëue guarit les frenetiques.

Par Diofcoride.

Pline efcript que faifant brufler le poulmon d'vn Afne dans vne maifon la fumée chaffe toute forte de reptiles & de ferpents.

Par Pline.

Il dit de plus que prenant auffi gros qu'vne feue du premier fient d'vn Afnon alors qu'il eft né, & en beuuant auec du vin qu'en trois iours il guerit du mal caduc.

I ij

Par Aui-
cenne.

Auicenne veut que le fiel mis sur toutes sortes d'aposthemes en allantit la
douleur. Mais pour dire quelque chose
de la vertu de la peau, ne lit-on pas que
quand on en couure les enfans dans le
berceau, qu'elle leur influeurie si grande
hardiesse & valeur que lors qu'ils sont
grands ils ne sçauët que c'est de la peur?

Les poux
ne se met-
tent point
à la peau
de l'Asne.

Nous aprenons tous les iours par experience qu'on ne trouue iamais des
poux sur ceux qui dorment ou qui se
couurent sous la peau d'vn Asne.

Et de la vient que les Comites &
Capitaines qui sont dans les galeres s'ë
seruent ordinairement.

Ces vertus, qualitez, dons, priuileges
& graces considerées par vn Poëte iar-
dinier l'inuiterent de chanter & dire.

Ie ne puis m'amuser & moins prendre l'ennuy
De remplir ce fueillet des choses salutaires
Que tant de Medecins nous ont escrit de luy,
Car ie les veux laisser pour les Apotiquaires.

Vtilité de
la peau de
l'Asne.

Pour cela ie ne lairray pas de dire que si nous auions esgard autant
que nous deurions à l'vtilité que cette
peau nous apporte (quand corroyée
& percée, elle nous sert pour faire des
cribles à nettoyer le bled) nous serions

contraints de confesser que sans l'Asne nos affaires ne se porteroient pas si bien.

Il adiouste encor combien cette peau nous sert aux assaux de la guerre, par ce qu'on en fait des tambours, qui bien battus rendent vn son qui anime & resueille le courage des plus coüards à la guerre, les faisant hardis & vaillans.

Tãbours faits de la peau de L'Asne

Et que dirons nous des os de l'Asne? ne sçait on pas que l'on en faict des flustes si armonieuses?

Flustes de l'os d'vn Asne.

Ce fut la raison qui esmeut l'Ambassadeur de Moscouie qui alloit à Rome, ces ans passez de demander dequoy estoient ces cornets, de qui pour luy faire honneur (entre les autres instrumẽts de Musique) on sonnoit quand il fust reçeu à Veronne, à qui quand on respõdit qu'ils estient de bois couuert de cuir, il s'estonna de ce qu'ils auoient tant d'armonie, veu qu'ils n'estoient point d'os d'Asne, comme on les faict en son pays.

De sorte que nous pouuons dire asseurement auec nostre Poëte,

L'Asne sonne vif & mort.

Qu'il sonne vif & mort en chair ainsi qu'en os.

Or laiſſons la peau & ſes os, & toutes ſes vertus & proprietez, horſmis
cette-cy que l'on ne doit pas oublier
puis qu'elle eſt vn peu moins que mi-
raculeuſe.

La vertu
naturelle
& cachee
de l'Aſne.

Apulée en ſon liure *de re Ruſtica*, dict
que ſi vn homme eſtant picqué d'vn
Scorpion monte à cheual ſur vn Aſne,
ayant la face tournée vers ſa croupe
que tout le venin du ſcorpion qui tour-
mentoit l'hôme entrera dedans le corps
de l'Aſne qu'il cheuauchera, qu'on verra clairement la pauure beſte ſe plaindre, ſe debattre & s'enfler, comme ſi le
Scorpion l'auoit morduë, & l'homme
demeurera guery, & l'Autheur allegué
afferme d'auoir veu cette preuue bien
ſouuent, Ie laiſſe donc au lecteur Aſnier à iuger ſi cette qualité deuoit eſtre
teuë.

Ie veux qu'il iuge encor ſi ie dois oublier ce que Pline au ſecond liure chapitre vingtieſme raconte que de la cor-
ruption de la charongne de l'Aſne s'engendre l'eſcharbot lequel, comme il
dit au trentieſme liure chapitre ſecond,
les Egyptiens adoroient comme Dieu,
ſe perſuadants qu'il fut l'image du So-

leil, & c'eſtoit à cauſe que tous les échar-
bots comme eſcriuent Elian & Suidas
ſont tous maſles, & qu'ils entretiennent
leur eſpece en cette façon. Ils reſpan-
dent leur ſeméce dans le fiant des Beufs,
des cheuaux ou des Aſnes qu'ils paitriſ-
ſent auec les pieds, en faiſant de petites
boules qu'ils tournent apres durāt huit
iours iuſques a ce qu'eſtant aſſez eſ-
chauffées elles ſoient animées, & de la
naiſſent les eſcharbots, en cela ſembla-
bles au Soleil, qui de meſme eſpendant
ſur terre ſa vertu ſeminalle, ſe tournant
autour d'vn mouuement continu faict
que la Lune ſe renouuelle tous les mois
en autant de temps que l'Eſcharbot renouuelle ſa race.

Diſons maintenant vn mot de la vertu naturelle, qui eſt en l'vngle de l'Aſne, qui comme le rapporte Pline eſtāt
boüillie dans le lait d'Aneſſe & appli-
quée ſur les yeux malades les guarit, en
oſte la douleur & leur rend la clarté mi-
raculeuſement.

Plutarque eſcript que le poiſon qui
fut donné à Alexandre le grand eſt vne
eau froide comme glace, qui diſtille
d'vne roche, eſtant au territoire de la

L'ongle de
l'Aſne con-
ſerue le ve-
nin froid.

ville de Nonacris , & la recueille-on
ne plus ne moins qu'vne rofée dans la
corne du pied d'vn Afne , par ce qu'il n'y
a autre forte de vaiffeau qui la puiffe
contenir , tant elle eft extremement
froide & perçante.

Telles donques & fi grandes font
les merueilleufes operations, les graces
remarquables, & les qualitez admira-
bles de noftre Afne non iamais affez
loüé, & qui auec merite a emporté l'aduantage fur tous les animaux de la terre, d'où noftre Chiaramelle prend le
fuiect de ces vers en la loüange de ce
braue animal.

Si i'auois entrepris de chanter fes beaux
   faits,
Ie ferois accablé deffous vn fi grand faix.
Car fa voix eft fi haute & la mienne fi
   baffe
Que lors que ie le veux chanter il me furpaffe.

Il ne me refte plus (il eft vray que ie
ne puis moins faire) qu'à raconter en
peu de mots l'extrefme foing qu'ont
toufiours eu ces grands Heros renom-
mez par l'antiquité , pour rendre immortel le nom de l'Afne.

Donc à fin que pour marque de leur
                                    reco-

recognoiſſance ils laiſſaſſent à la poſte-
rité vne memoire eternelle de ce nom
Aſiniſque ils ont prouué ſucceſſiuemét
& à l'enuie, que du nom de l'Aſne fuſ-
ſent appellées ces choſes ſuyuantes.

1. Les villes.	14. les Tours.
2. les Chaſteaux.	15. les Fontaines.
3. les Bourgs.	16. les Sepultures.
4. les Villages.	17. les Liures.
5. les Iſles.	18. les Loix:
6. les Mers.	19. les Fruits.
7. les Ports.	20. les Feſtes.
8. les Montaignes.	21. les Ieux.
9. les Fleuues.	22. les Iuremens.
10. les Ponts.	23. les Nős propres.
11. les Ruës.	24. les Familles.
12. les Chemins.	25. les Prouerbes.
13. les Vallées.	

Et à fin que l'on cognoiſſe la verité en
ce que ie propoſe, i'ay volontiers pour
l'obligation que i'ay à l'Aſne, pris la peine de recueillir & raſſembler ſur chacun
de ces vingt-cinq tiltres le nő de deux
qui ſont encor cognus du nom de l'Aſne, & le ſeront à iamais.

Ie ne me ſuis pas ſoucié d'en mettre
plus de deux, non pour ce que ie n'en
euſſe bien peu recueillir des dixaines,

K

maisà fin de ne m'ennuyer point, ny ceux qui defirent fuyure les pas Afinins.

Les Villes.

Vne des principalles villes de Perfe, affez proche de la grāde Cité de Seleuce en langue Perfienne eft nommée Zamamora que les Italiens en leur langue interpretent ville Afinine.

Au Peloponefe, ou fi nous voulons dire la Moreé proche la Mer, qui regarde le Ponant eft la ville Afinaire.

Les Chafteaux.

En Calabre au Marquifat d'Olinto, il y en a vn nommé Chafteau des Afnes *Caftello de gli Afini.* En Friole il en a vn autre nommé Chafteau Afinin à dix mille d'Afola.

Les Villages.

Au terroir de Plaifance il y en a vn, nommé le village de *Scontra l'Afino,* rencontre l'afne.

Au fortir de Rome pour aller à Bracciano il y en a vn autre nommé belle Afne. *Afina bella.*

Les Bourgs.

Au territoire de Sienes, il y en a vn nómé long Afne, *Afina longua.*

Sur le chemin de Boulongne à Florence entre Loyan & Malepierre, on en trouue vn autre nommé Defcharge l'Afne, *Scarca Lafino.*

Les Ifles.

Afineɛta eſt vne Iſle aſſiſe ſur l'embou-cheure de la Mer Rouge, aſſez pres de terre du coſté de Leuant, où eſt baſtie la forte ville de Adem.

En la mer Maieur, du coſté du Se-ptentrion, pres des Palus Meotides, il y a vne petite Iſle pleine d'eaux dou-ces, qui ſe nomme Afinine.

Les Mers.

Olaus Magnus tres-diligent eſcri-uain de Septentrion, raconte que la mer que l'on nauige depuis Nouerge, iuſques à la Prouince des Lappons eſt nommée Scéinziroff, qui en Italien eſt traduit, Mare *Afinorum.*

Cette grande eſpace de mer qui eſt depuis l'Iſle d'Hibernie, iuſques à celle d'Irlande eſt nommée par ceux du pays mer Afineſque.

Les Ports.

En la mer Egée, pres des Chaſteaux appellez vulgairement d'Ardinelles du coſté d'Aſie, il y en a vn treſbeau, bien que petit qui eſt nômé port Afinin.

En l'Isle de Cypre auant qu'aborder à Famagouste, il y en a vn autre tres-mal asseuré à cause qu'il est decouuert à la Tramontane, qui est appelié port Asinet.

Les Montaignes.

A dix mille de Florence, il y en a vne nommée Asinaire, où sur le sommet on trouue de bons Religieux dans vn monastere.

Du costé d'Abruyyo, il y en a vne autre nommée Mont Asinel, où sur la cime est bastie l'Eglise de S. Eustache.

Les Fleuues.

Pres de la riuiere Treuio en l'Abrusse il y en a vn petit, nommé *Fiuuie d'ell Asino*, Fleue de l'Asne.

Au terroir de Ragusa à six mille de la ville, il y en a vn autre nauigable, & sur qui à son emboucheure de la mer, il y a vn Fort, fort asseurè, & ce fleuue se nomme Asinesque.

Les Ponts.

Entre les Runies de la ville d'Aquilée, autrefois detruite par Attila, on trouue encor vne partie d'vn Pont superbe, où l'on voit encor auiourd'huy vne Asnesse de marbre, qui donne la

tette à deux Afnons, de l'autre cofté
qui eft tout ruyné, les vieux du pays
ont dit qu'il y auoit vn Afne de marbre,
dont on voit encore les reliques, & ce
Pont eft nommé *Ponte Afinone.*

En Sicile à deux mille de Catanée
on trauerfe vne riuiere fur vn pont de
bois, fur qui quatre charrettes paffent
de front, qui eft appellé pont aux Afnes.

Les Rues.

Cette large ruë par qui de la place on
vient à l'Eglife Cathedralle Saint Mau-
rice, en la ville de Lipari, eft nommée
ruë Afinefque.

En la vieille ville de Perufe, il y en a
vne autre, qui meine au Conuent des
Religieux de S. François, qui eft nommé Paradis des Afnes.

Les Chemins.

En Fiuili fur vne haute & fafcheufe
montaigne, il y en a vn nommé *Qui mi
cadde l'Afino,* icy me tomba l'Afne, & ces
parolles fe lifent engrauées dans le Roc
pour conferuer vne fi belle memoire
de l'Afne.

En la Pouille il y en a vn autre, qui
dure dix grandes milles depuis *la terre*

maggiore iufques au mont Gargano,
qui eſt nommé *Longaſina*.

Les Vallées.

Sur le chemin qui va de Fabrian à
Camerin pres du barq il y en a vne qui
ſe nomme la Valée des Aſnes. Dans
vne terre des Suiſſes appellé Zurich,
qui eſt nombré entre les cantons, il y
en a vne autre appellée Aſinaire.

Les Tours.

Dans Boulongne il y a vne tour qui
du ſommet touche les eſtoilles qui
eſt nommeé la Tour des Aſnes.

En la Prouince de *Baſilerata* hors les
murailles de la ville de *Venafro* du coſté
de Leuāt il y a vne Tourette nōmeé la
Tourette de l'Aſne.

Les Fontaines.

Entre Piperne & le chaſteau de Sonin
on en trouue vne belle & profonde nō-
mée la Fontaine des Aſnes.

Outre la riuiere de *Panara* laiſſant
à main droiéte le chemin de Medone,
à gauche à trois cent pas on en trouue
vne autre renfermée de pierre taillée à
feuillage ſous vne grande voute ou par
trois gros canaux de metal maintenant
gaſtez & rompus, elle iettoit l'eau,

& elle s'apelle fontaine Afinaire.

Mais en parlant maintenant de Medone ie me fuis fouuenu d'vne memoire Afinifque, que cette ville a conferué long temps dans fon trefor, qui eft vn feau ou beuuoit l'Afne d'vn Boulongnois, parce qu'il aduint que les habitãs de Boulongne & de Medone, eurent guerre entr'eux, pour les confins de leurs païs, Ceux cy vne foys ayant fait vne courfe fur les terres des Boulongnois eftants contrain&s de s'en retourner, ilz fe ietterent en faifant retrai- *Glorieux* te dans vne eftable d'vn habitant de *butin du* Boulogne, où ayant trouué le feau ou *feau d'vn* beuuoit vn Afne, ilz le prirent pour leur *Afne.* butin, & l'ayant mis à la pointe d'vne lãce, comme vn trophée, ilz entrerent vi&orieux dans Medone, ou tout le peuple acourut pour voir vne fi belle depouille faite fur les ennemis, qui depuis a efté foigneufement gardée dans la maifon de Ville, comme on le lit dans les Annales de Lombardie. Mais retournons à l'Afne.

Les Sepultures.

En la ville de Vercelli fur le Cimetiere de fain& Lazare, on trouue vne

grande & belle sepulture de marbre, &
dessus est releué en bosse, vn Asne couché de son long, comme on y peint les
hommes, & aux pieds de l'Asne sont
engrauées quelques lettres, mais si vsées
& effacées par le temps que ie n'en ay
peu tirer vne seulle sillabe.

Ie confesse icy par ce grand honneur
qu'auec reuerence & deuoir ie porte à
l'Asne de n'aurir peu trouuer vne autre
sepulture, bien que i'en aye fait vne cu-
rieuse recherche par la lecture & par les
voyages.

Les Liures.

Apulée a escript vn liure intitulé l'Asne d'or.

Plaute a composé vne Comedie ditte
l'Asinaire.

Les Loix.

Bartole fameux & grand Docteur *in
l. 1. ff. de. sup. l. leg.* traicte d'vne loy ou il
veut que le testateur faisant vn legat de
ses meubles à vn estranger, & laissant les
immeubles à ceux qui luy succedent le-
gitimement, si dauanture il se treuue vn
Asne en ses biens, qu'il soit comprins entre les immeubles.

Ce sera assez de cette loy, parce que ie
ne

ne me veux pas rompre la teſte à lire tãt
de gros boucquins, pour qui le plus
grand trauail d'vn Aſne n'y ſuffiroit
pas.

Les Fruits.

Il ne ſe trouue aucune ſorte de fruits
appellez du nom d'aucun animal que
de l'homme, comme pommes Appies,
d'Appi⁹ & des Prnues Maximiliénes de
Maximiliã, & de l'Aſne qui ſõtces preu-
nes groſſes, belles ſauoureuſes & jaunes
qui ſe nomment Aſinaires.

On trouue encor d'vne façon de Cõ-
combres propres pour les medecines
nommez Concombres Aſinins.

Les Feſtes.

Nonius Marcellus raconte qu'en la
feſte, que les Romains anciennement
faiſoyent au Dieu des Iardins les filles
à marier montées ſur des Aſnes venoyent faire trois tours à l'entour du
temple, & qu'apres eſtant deſcenduës
elle iettoyēt leſort entre elles pour leurs
Aſnes, & l'Aſne ſur qui le ſort tomboit
eſtoit eſgorgé, & de ſon ſang chacune
d'elles rempliſſoit vne petite fiolle de
verre qu'elle iettoiēt apres à l'enuy à la
face du bon *Priapus*.

L

Herodote racôte que les Grecs cele-
broyent tous les ans les festes Afinaires
en memoire de cette grande & notable victoire qu'eurent les Atheniens
fur les Perses aupres du fleuue Afnion.

Les Ieux.

Entre tous les ieux dont les grands &
petits se iouent il y en a vn qu'on nomme Charge-l'Afne à l'imitation de l'Afne qui se laisse cheuaucher par tout le
monde indifferemmant.

Les enfans dans les escoles ont acou-
stumé de mettre subtilement quelque
chose sur l'espaule de l'vn de leurs com-
pagnons, & s'il ne s'en aduise pas il
crient apres par jeu.

Charge l'Asne & s'il ne le sent,
Il monstre qu'il est bien puissant.

Les Iurements.

Diodore de Sicile raconte que lors
que son Isle estoit dominée par les Ti-
rans, il y auoit vne ordonnance que la
femme trouuée en adultere estoit de-
liurée si elle iuroit de n'auoir forfait en
mettant les mains sur le test d'vn Asne
qui à cet effet estoit gardé dans le Temple de Bacchus.

Les Gentils auoyent encor cette façon que voulant prendre par ieu le ferment des enfans, ils plioyent le coing d'vn manteau ou d'vn mouchoir en triangle long, & en leur prefantant ilz leur difoient, iure fur cette oreille d'Afne.

En cet endroit mon fujet m'apelle de parler de ceux qui fe nommoyent Afnes, & des familles qui s'apelloyent de ce nom, mais d'autant qu'elles font infinies, & que toutes les peaux de la terre Madian ne les pourroyent contenir, ie me fuis refolu d'en nommer deux feulement, & d'en laiffer vne plus curieufe recherche à ceux qui voudroyent faire l'Afne plus que moy.

Non que pour cela ie vueille oublier cette fameufe victoire naualle qu'anciennement raporterent les Perfes fur les Egiptiens, laquelle Noacles Peintre excellent de fon têps, voulant reprefenter depeignit vn Afne beuuant dãs le fleuue du Nil malgré le Crocodile qui en contenance de vaincu & de fujet le regardoit boire patiemment comme Pline raconte.

Les Noms.

L ij

Donc pour ne laisser point du tout les noms de ceux qui ont esté nommez Asnes par leur nõ propre, ie me serui-ray du nom de cet Asinius Gallus fils de Scipion Afriquain.

Et celuy qui desire cognoistre beau-coup de Senateurs de bonne maison qui en leur nom propre estoyent nom-mez Asnes, lise les Epistres de Ciceron *ad Atticum*, où il en trouuera vn beau nombre.

I'adiousteray le nom d'vn fameux homme de ce temps citoyen de Flo-rence de l'ancienne famille des Asnes qui s'apelle monsieur l'Asne des Asnes, & celuy dont les histoires de Floren-ce font foy qu'il reforma les statuts des marchands qui en memoire celebrent encor son nom asinisque.

Pindare & Macrobe au cinquiesme de ses Saturnales dit que ce Grec re-nommé qui fut l'ouurier du cheual de bois, par qui les Greces surprirẽt Troye, estoit nommé Asinon, & nous deuons croire voyãt que Virgile l'apelle Sinõ que ce bon Poëte à cause qu'il estoit du costé des Troyens, dont il tire les

Romains, s'efforçoit d'effacer ce nom,
en mesme façon que les Grecs qui firēt
vn crȳ & Ordonnance public que personne ne nōmast celuy qui auoit brus-
lé lè Temple d'Ephese pour se faire re-
nommer. Ainsi pour faire oublier ce fameux Asinon, dont la memoire doit
tousiours viure, il en auoit osté la premiere lettre, disant Sinon au lieu d'asinon.

Les Familles.

Nous auons des-ja dit qu'en Floren-
ce il y a vne noble famille des Asnes.

Il y en a vne autre à Pise, & à Bou-
lógne, celle des Asnons se celebre, pour
auoir autrefois faict bastir vne grande
Tour des Asnons.

Mais à quoy me veux-je allambiquer
le cerueau, recherchant auec la lumie-
re d'vne lanterne asinesque, tant de
noms, & tant de familles? oyons seulement ce que dit Stufello Sonallini,

Ie tais dans ce fuiellet ce que de bons Au-
theurs
Nous ont escrit de l'Asne & qu'au siecle où
nous sommes
Comme aux ages passez on le voit dans des
hommes

Et quelquesfois encor dedans de grands
Docteurs ;

Ie n'en veux pas parler, car ie me doute
bien

Que vous les cognoiſſez auſſi n'en diſ-je riẽ.

Sur ce propos il me reſte à dire, que ie
m'eſtonne de tant de ſots, qui au lieu
de receuoir à grand honneur le nom
d'Aſne, quand on leur en donne par les
les oreilles courent au ratelier des armes, & mettent la main aux couteaux.
Ce qui aduiẽt à mon aduis à cauſe qu'õ
n'a pas couſtumé de donner à l'homme
le nom d'vne ſi noble beſte, mais ſeulement des beſtes malignes & vrayement beſtes, comme de Monſieur
Lours, Lion, Chien, & autres.

Un hom-
me ne ſe
deuroit
point for-
maliſer d'e
ſtre apel-
lé Aſne.

Ce fut la raiſon qui fit dire au Poëte
ſuſdit.

Ie ne ſçay pas pourtant d'où peut naiſtre
auiourd'huy

Qu'entre nous ce nom d'Aſne eſt pris pour
vn outrage

Celuy qu'on nomme ainſi pour le moins s'il
eſt ſage

Voit bien qu'au lieu d'iniure on faiƈt eſtat
de luy.

Çı aux Prouer bes aſinins.

Les Prouerbes.

Quand vn homme ne veut pas redire vne mesme parolle il dit, ce n'est plus iour de May que l'on dit deux fois vne chose. Ce qui vient à cause qu'en ce *Pourquoy* moisles Asnes voulants montrer que le *on dit no* petit Cupidon leur a touché au cœur *ne sommes* fôt ouïr cesdoux souspirs entre coupés *plus en* ou plustost ces estranges braillements si *M ay que* haut, que la voute du ciel en retantit. *les choses se disent deux fois.*

Ainsi vn homme estant ententif à ouyr cette Musique des Asnes ne peut prester l'oreille à milles autres choses, & partant par priuilege special du mois vn homme se peut faire redire de mesmes parolles, sans soupçon d'estre tenu mal nourry ny sourd, comme on pourroit faire en vn autre mois.

Quand Apulée seuit changé en Asne, *Pourquoy* voulant tesmoigner par milles caresses *on dit ca-* son amour à son maistre, se leuant sur *resse d'As-* les pieds de derriere, comme auparauant il auoit veu faire à son chien, il mit le pied de deuant sur le col de son maistre, & bien que l'intention de l'asne fut de caresser, pourtant elle ne fut pas bié receué, & de là est venu que quäd quel-qu'vn tient suspectes les courtoisies d'ü

autre dit, tu me fais des careſſes d'Aſne.

On dit encor celuy-là ſemble vn Aſne pres d'vn melon, prouerbe qui d'a-
bord & de premiere veuë ſemble eſtre
au deſaduantage de l'Aſne, ce qui eſt
pourtant pluſtoſt en ſa loüange, mais
le ſot vulgaire la tourné en mauuaiſe
part, & voicy comme il le faut entendre.
Quãd on iette vn melon deuant Monſieur l'Aſne, incontinent il le ſent pluſieurs fois, & par la bonne odeur, le iu-
geant de bonne ſaueur il en gouſte,
mais l'ayant entamé & l'odeur n'eſtant
point à ſon gouſt il s'en ioüe gayement
le faiſant rouler comme vne boule , &
d'autant que l'Aſne eſt fort grand à
proportion du melon, quand vn grand
homme ſe ioüe auec vn enfant, on dict
qu'il ſemble vn Aſne autour d'vn melon.

Cet autre Prouerbe court encor (&
bien ſouuent) par la bouche des hommes *qui laue la teſte à vn Aſne perd ſa leſci-*
ue, mais à mon iugement on l'entend
treſ-mal en l'vſage que l'on l'employe,
par ce que quand on parle de quelque
meſcognoiſſãt, & ingrat on l'en ſert, cõ-
me ſi le pauure Aſne eſtoit quelque perſonne

sonne ingrat , & on ne considere pas
que le lauement de teste se faict, seulement pour en oster l'ordure, la crasse,
& les poux:mais l'Asne comme nous a-
uons dit n'engendre point cette vermine , n'endurant iamais sur luy aucune
immondicité,& quand il suë il s'estand
à terre, se veautrant dans la poussiere,
& puis s'estant bien frotté il se secouë,&
demeure bien net & poly , & de la il n'a
pas besoing de sauon. Ainsi seroit folie
de faire de la lesciue pour luy , & encor
plus grande folie de le taxer d'ingrati-
tude, puis qu'on ne l'accommode pas
de cette sorte, & qu'il ne soit ainsi vne
sauonneresse de balles musquées dit;

Souuent cet animal la teste se nettoye

Et au lieu de sauon la poussiere il employe.

L'*Asne*
n'vse point
de sauon.

On dit encor en vn autre Prouerbe
que le peuple entend sottement, il le
faut dechiffrer.

Celuy qui n'est qu'vn Asne & pour Cerf
veut paroistre

En sautant vne fosse il le fera cognoistre.

Ie me souuiens d'auoir leu qu'vn cer-
tain Architecte qui commente sur le
chât ferme asseure que l'Asne en toutes
ses actions y procede auec la considera-

M

tion digne d'vn si bon cerueau que le sien, aussi quand il luy faut sauter vn fossé il regarde, & mesure auec só iugemét Asinesque la hauteur, & lógueur du fossé & l'inegalité des riues, puis il tente & taste auec l'vn des pieds de deuant si la

Iugement de l'Asne.

terre est ferme s'en asseurant depeur de glisser & que terre ne luy faille, & puis il pose l'autre pied dechargeant son ventre pour estre plus leger, & en fin s'asseurant sur les pieds de derriere il préd dispostement, le sault en & petant solénellement afranchit asseurement le fossé.

Tout au contraire le Cerf se fiant à sa disposition & legereté, bestialement & sans conseil s'eslance, & bien souuent trompé de sa folle creance il tombe dás les fossez, où il recognoit sa faute. De là on trouue la verité en ce Prouerbe qui signifie que celuy qui fait profession d'imiter l'Asne en ses actions, c'est à dire de ne faire rien sans iugement, & qui

On doit imiter le conseil de l'Asne.

d'autrefois presumát de faire mieux sás tát de considerations, voit en fin que tout luy reüssit à rebours, & recognoit qu'il ne faut presumer d'estre Cerf, mais se cótanter d'estre Asne cóme nous cóseille Barnaccia en ces vers.

L'homme de bien doit tousiours suyure
L'aduis des Asnes pour bien viure.

Tout à cette heure ie me souuiens d'vn *Pourquoy*
autre Prouerbe dont on se sert quand *on dit le*
quelqu'vn conseille à son valet de faire *maistre lie*
ce qu'on luy commande, bien que le *son Asne*
commandement ne vaille rien on dit, *ou il veut.*
le maistre lie son Asne ou il veut.

On ne dit pas il lie le cheual, le chien,
le Lion, l'Ours, ny autre animal ou il y a
de la beste. L'asne seul est plus patient
que tout, qui demeurera des iours entiers ou il sera attaché, sans boire, sans
manger, ny sans se remuer, ou monstrer
aucun signe de resistance. Ainsi le dit le *Obeissan-*
Poëte, *quæ pars est,*   *ce de l'As-*
L'Asne est vn clair miroir de toute obeissäce, ne.
Parce que sans monstrer aucune impatience
Durant vn iour entier il demeure attaché.

Ainsi de ce Prouerbe chacun peut ai-
sément recognoistre la bonté, la patience, la fidelité, & l'obeissance de ce cher
Animalin, digne d'estre imité de ceux
qui voudroiét viure en paix & tranqui-
lité durant cette vie.

I'en veux declarer vn autre, dont on
vse en Hyuer quäd il fait froid, & que la
bise perse les meilleurs casaquis empes-

Pourquoy on dit c'eſt le temps de chaſtrer les Aſnes.

chât qu'ō ne mette le nés hors du foyer.

C'eſt vn temps de chaſtrer les Aſnes.

Il eſt à ſçauoir pour ceux qui ne ſçauēt pas par pratique la nature & condition de l'Aſne, que c'eſt vne difficile beſongne de chaſtrer vn Aſne plus que tous

Grande deffēce de l'Aſne.

autres auimaux qui ne ſçauent ce que les chaſtreurs leur veulēt oſter, mais les Aſnes (freres) ont de l'eſprit, & cognoiſ-ſants la trahiſon, les bons garnimēts ſe defendent fort & ferme, à belles dents, à belles ruades, pour cōſeruer tous leurs membres, & ceux-là ſur tout dont na-ture les a ſi liberalement aduantagés: de la vient qu'il faut bien du monde pour les lier & garrotter, & qu'on y a tant de peine que le froid s'enfuit bien loing de ceux qui ſont en cette beſongne. Auſſi quād on dit en Hyuer que c'eſt le temps de chaſtrer les Aſnes, c'eſt à dire q̃ c'eſt vn tēps ſi froid, qu'il faut faire de grāds efforts pours'eſchauffer. L'Ambaſſadeur des nuës le prend de ce biais quād il dit.

Declara-tion de la queſtion de l'om-bre de l'Aſne.

Qui voudra s'eſchauffer durant l'hiuer glacé
Qu'il alle pour chaſtrer vn Aſne en vn foſſé
Maintenāt quād ie me deurois demā-cher l'ētédoire, ie veux expliquer vn cer-tain Prouerbe qui ne ſe dit qu'ē Latin, dōt ie n'ay iamais guere māgé, le voicy.

Quæſtio de umbrâ Aſini.

Et ie me ſouuiens d'é auoir autresfois
trouué l'origine dãs mõ Repertoire Aſi-
neſq, & ie la vo° veux dire, Vniour d'eſté
vn païſan cheuauchoit vn Aſne dãs les
campaignes de la Pouille, & comme on
ſçait on chemine des iours entiers ſans
y trouuer vn arbre pour ſe mettre à couuert, & prendre halaine. Le païſan bat-
tu & percé par les rais bruſlants du Soleil bruſlant dans ſa chemiſe miſt pied a
terre, & ayãt fait vn gros faiſſeau d'herbes qu'il mit deuant ſon Aſne il ſe cou-
cha ſur le pié du coſté, que l'Aſne faiſoit
ombre, & la vaincu de laſſitude, & de
chaud ils s'endormit ronflant pendant
que ſa beſte diſnoit; En ces entrefaictes
il arriua vn autre païſant plus fin que ce
dormeur, qui de ſon coſté ayant beſoing de repos vſa d'vne ruſe enuers le
maiſtre de ce petit Seigneur qui luy
faiſoit ombre, c'eſt à dire de meſſer Aſne, & le prenant par la queüe comme
par la bride, il le tourne d'vn autre coſté, où il luy mit l'herbe au nez pour l'é-
tretenir, laiſſant ſon maiſtre aux rais du
Soleil, & luy ſe mit à l'ombre ou il s'endormit galantement.

Mais ce pauure homme qui eſtoit au

*Trompe-
rie d'vn
payſan.*

Soleil fentant la chaleur, fe refueilla incontinant tout en fueur, bouilly & rofty tout enfemble, & voyant ce nouueau dormeur qui luy auoit fait vn fi mauuais tour en luy oftant fon ombre par ce changement Afinifque plein de rage & de colere, commenceant à iurer luy vouloit courir fus, fi l'Afne qui eft ennemy de la guerre, pour empefcher cet accident ne fe fuft mis à braire fi haut que le païfant endormy fe reueilla & leua, alors ils commencerent à belles iniures de venir aux mains, dont il fuft arriué du malheur, fi quelques Seigneurs Tramõtains ne les euffent feparez. Mais le maiftre de l'Afne ne fe voulant pas appaifer s'il ne luy payoit l'ombre de fon Afne, dont il s'eftoit feruy, ces Tramontains ayants fceu la querelle par vn interprete qu'ils auoyent auec eux, les mirent d'accord en donnant de l'argent au maiftre de l'Afne, mettants ces deux païfants d'accord, & eux paffant chemin s'entretindrent long temps apres de cette difpute, repetants fouuent, *Quæftio de vmbra Afini, quæftio de Vmbra Afini*, & quand ilz furent arriuez à Naples, & par tous les lieux ou ilz paf

L'Afne empefche que fon maiftre ne face vn meurtre.

Acte genereux des Tramontains.

foyent ilz faifoyent toufiours ce conte,
dont on a fait ce prouerbe que l'on dit
en ces procés où il ne s'agit de guerres, &
parce qu'ils ne fçauoyent par la langue
d'Italie, ils ne le dirent qu'en Latin, qui
eft encor demeuré, & qui eft caufe qu'õ
dit

Quæftio de vmbra Afini.

En voicy encor vn autre que ie ne
puis oublier, dont on fe fert quand on
taxe quelqu'vn d'ignorance en quelque
profeffion difant, tu es vn Afne au fon
de la Lire, *Tanquam Afinus ad liram.*
Sur ce point quelque curieux & Afne
de lecteur, pourra demãder pourquoy
on n'a pas dit, pluftoft comme vn pour-
ceau, comme vn bœuf, comme vn cheual & comme d'autres animaux, à ce
doute ie veux brieuemét refpondre, &
auec des raifons authentiques, preuuer,
combien l'excellent Afne eft digne de
ce prouerbe, Ce braue commentateur
de la Philofophie de Boece (ou il traitte
de la confolation) affeure que cet animal prend beaucoup de plaifir en cette
Mufique, mais eftant priué de la parolle & de la capacité de iouër de cet in-
ftrument, il ne peut autrement tefmoi-

gner le plaifir qu'il y prend que par l'at-
tétion exterieure en dreffant les oreilles, & leuant le fourcil & autres fignes
femblables.

Beluacenfis au dixhuitiefme liure de fon miroir naturel en dit autant
quand il parle de l'Afne, & pource do-
renauant (autant que chacun defirera
les bonnes graces du Roy des Beftes)
on fe feruira de ce prouerbe en telles oc-
cafions comme par exemple. Vn medecin entend de bons accords de mufique, mais parce qu'il n'y fçait rien il
pourra bien dire, ce concert me plaift
bien ; & monftrer d'y prendre du con-
tentement, mais quand il n'en pourra
autant faire, ce ne fera pas à dire qu'il
foit ingrat en autre chofe, & en cecy il
fera, *Tanquam Afinus id liram*, qui veut
dire que l'Afne ayme bien la lire, mais
il ne fçait pas s'en feruir, & pourtant en
autre chofe il eft fort capable comme
ie l'ay prouué en cette œuure.

Le Latin, l'Italien & les autres langues ont beaucoup d'autres prouerbes
que nous n'aurions iamais acheuez, &
toutesfois il eft temps de finir cette lõ-
gue Afnerie.

Ie

Ie veux pourtant dire encor vn coup que ce n'est pas merueille si les sages de l'antiquité ont fait tant d'estat de l'Asne par ces rares qualitez, mais si m'estône-je qu'ayant tasché de rêdre son nom immortel par tant de memoires, on ne trouue point de republique, de princes, ny de Rois, l'ayant porté en leurs enseignes, en leurs escus, & moins en leurs entreprises, & c'est peuteстre qu'ils nous l'ont laissé à nous que le nom de Chrestien oblige de montrer par nos actions la simplicité, douceur & autres vertus d'humilité, dont l'Asne est doüé, que nous portons en nos propres armes.

Aussi ces anciennes republiques, Roys & Empereurs qui se fondoyent par force, violance, larcin & tromperie vouloyent que leurs barbares & tiranniques façons fussent recongnuës par les armes & enseignes des animaux cruels & brutaux.

Ainsi cette superbe & ambitieuse republique des Romains portoit l'Aigle en ses enseignes, & pourtant auec plus de raison elle deuoit porter l'Oye pour recognoissance de la conseruation de sa ville & de sa liberté, parce qu'auec ses

N

cris elle refueilla fes gardes à la defance du Capitolle que les Gaulois vouloyent furprendre.

Mais d'autant que l'Oye eſt vn animal ſimple elle le meſpriſe comme elle eut fait de l'Aſne , ſi par le mot de ſes braillements il luy eut fait vn auſſi bon office. Les peuples de Phrigie portoyent en leurs armes, le Porc Sanglier, animal treſpernicieux.

Les Traciens portoyent vne Squelette ou bien vne mort, pour ce qu'elle eſt l'extreme des choſes terribles.

Les Gots portoyent l'Ours animal plein de colere, les Alains qui ſaccagerent l'Eſpaigne portoyent vne Martre animal trompeur.

Les François portent le Lion animal ſuperbe. Les Lombards portoyent vn Crapaut animal qui vif & mort eſt veneneux.

Les Cimbres que Caius Marius ſubuigua portoyent vn Taureau animal indomptable. Les Saxons portoyent vn Cheual animal belliqueux.

Les Hebrieux portoyent le Scorpió qui porte à ſa queüe la mort. Les Cartaginois portoyent le Crocodile animal plein de ruſes.

Attila qui se fit nommer le fleau de Dieu portoit vn Autour animal qui vit de rapines.

Antigonus Roy de Syrie portoit vne Aigle qui auoit dãs les ongles vn serpẽt.

Et en fin non seulement les republiques & les grands Princes se seruoyent d'animaux cruels, sauuages & veneneux mais encor les simples Gentil-hommes & les priuez portoyent dans leurs armoiries de telles bestes, & bien qu'ils ayent changé leur façon de viure, & qu'ils ayẽt embrassé la Religion Chrestienne n'ont pourtant iamais peu resoudre de changer leurs armes, & y mettre des animaux simples, & appriuoisez comme l'Oye, le Pigeon, la Tourterelle, & autres tels animaux. Mais ils ne pouroyent pas mieux monstrer l'humilité, & debonnaireté Chrestienne, qu'en prenant l'Asne en leurs armes, comme fait la cõmuneauté de la ville de Vicẽ- *On de-* ce qui a tousiours fait tant d'estat de *uroit prẽ-* porter en son enseigne publique, cet As *dre l'Asne* e qu'elle n'a iamais peu prẽdre vne au- *pour ar-* re, dont pourtant ceux de Padoüe se *moiries.* moulants mocquer la mirent sur leurs burches, mais les Vincentins ne furent

N ij

pas si tost aduertis qu'on auoit pandu
leur Asne qu'ils leur enuoyerent dire
qu'ils leur donneroient des charges de
saucisses de chair de Porc, quand ils au-
royent depandu leur Asne. Ce que les
Vincentins ayant accomply de tout
point les Padoüans despandirent l'Asne, & distribuerér les saucisses entr'eux,
& dela est venüe cette chanson des enfans qu'encor auiourd'huy on chante à
Padoüe qu'on nomme pends l'Asne.

---- *Pends & despens*
Pour vn morceau de saucisse.

L'Asne
accommo-
dé d'vne
façon qu'il
semble vo-
ler.

En vn certain lieu d'Arcadie dont ie
ne puis trouuer le nõ on fait tous les ans
vne feste asinisque que ie dois rappor-
ter dans ce discours asinin.

En vn iour prefix le peuple accourt
de diuerses contrées en vne place, où du
haut d'vne Tour, ceux qui ont cette
charge font descendre si subtilemēt vn
Asne sur des cordes, auec deux grandes
aisles sur les espaules qu'il sēble voler, &
de la vient que quand ces drolles sont
bien guedez apres disner ont accoustumé de dire allons à la place voir voler
l'Asne. Il y a quelques vns qui disēt que
le lieu ou ce fait ce braue spectacle est
Empole en Toscane, mais ie ne le croy

pas parce qu'il n'est pas dãs mes memoires ʌ sineſques.

I'auoy deliberé de finir icy mon diſ-
cours, ſi ie ne m'eſtois reſouuenu d'vne
choſe digne d'vne grande conſideratiõ
& d'eſtre remarqué pour voir la fine &
parfaicte nobleſſe & excellance de l'eſpece Aſinine. Au temps des Gentils il ſe trouua vn aueugle né qui en ſon
extreme vieilleſſe eſtant interrogé quel-
le choſe il deſiroit pluſtoſt de voir ſi Iupiter luy vouloit ouurir les yeux, reſpõ-
dit ſans penſer, qu'à cette ſeule choſe
qu'il voudroiƈt bien voir vn Aſne. Cette reſponce ayant eſmeu tous les aſſi-
ſtants à rire, l'aueugle leur dit, ne vous
eſtonnez pas de ce miẽ deſir, car ie croy
qu'il n'y a perſonne de vous qui eſtant
en cette miſerable condition n'eut vn
ſemblable deſir, d'autant que depuis
que ie ſuis au monde (& il y a pluſieurs
dizaines d'années) ie n'ay pas paſſé vn
iour que ie n'aye à tous coups ouy nommer cette beſte, & l'apliquer à toutes
les choſes dont on parloit.

Aueugle deſire pluſtoſt de voir vn Aſne que toute autre choſe.

Ie n'explique point ce mot de garde-
l'Aſne, qui eſt faicƈt es places à l'Aſne, car
on en dit autant d'vn bœuf, d'un cheual,
& d'vn autre animal. Mais ie m'arre-

steray sur ce qu'ó applique cette beste à toutes les façons du corps, & aux vertus & vices de l'esprit de l'hôme, & mesme à ses plus nobles actions & qualitez , ce qui est fort remarquable.

Et pour dire quelque chose des façõs du corps ie n'ay pas vescu vne heure pour ne dire pas vn iour que ie n'aye ouy à tous propos dire celuy cy tient de l'Asne.

> Visage d'Asne.
> Ceruelle d'Asne.
> Museau d'Asne.
> Voix d'Asne.
> Eschine d'Asne.
> Membres d'Asne.
> Teste d'Asne.
> Oreilles d'Asne.
> Bouche d'Asne.
> Espaules d'Asne.
> Chair d'Asne.

Pour les vertus morales il n'ya momét que ie n'aye ouy dire il est prudent comme vn Asne.

> Fort comme vn Asne.
> Modeste comme vn Asne.
> Ingenieux comme vn Asne.
> Courtois comme vn Asne.
> Discret comme vn Asne.

Et encor des autres vertus, & de mesme
des vices.

 Vieux comme vn Asne.
 Beste comme vn Asne.
 Ingrat comme vn Asne.
Mescognoissant comme vn Asne, &
ainsi des autres.

Mais tout ce que i'ay dit n'est rien au
respect de tant de bonnes qualitez de
l'homme, à qui on l'applique, qui sont
en tout & par tout contraires à elles
mesmes, ne pouuants estre en mesme
suiect, comme le froid, & le chaud ne
peuuent estre au feu, & toutesfois on les
trouue en vn Asne, mais ie ne puis m'i-
maginer comment il se peut faire, i'ay
ouy dire,

 Il est beau comme vn Asne.
 Et laid comme vn Asne.
 Sage comme vn Asne.
 Fol comme vn Asne.
 Gentil comme vn Asne.
 Lourdaut comme vn Asne.
 Ignorant comme vn Asne.
 Docte comme vn Asne.
 Vitieux comme vn Asne.
 Vertueux, comme vn Asne.
 Bon comme vn Asne.

Mauuais comme vn Aſne.

Ioyeux comme vn Aſne.

Melancolic comme vn Aſne.

Il dort comme vn Aſne.

Il vueille comme vn Aſne.

Dur comme vn Aſne.

Tendre comme vn Aſne.

Il trauaille comme vn Aſne.

Il ſe repoſe comme vn Aſne.

Il ronfle comme vn Aſne.

Il eſt muet comme vn Aſne.

Vaillant comme vn Aſne.

Poltron comme vn Aſne.

Net comme vn Aſne.

Sale comme vn Aſne.

Doux comme vn Aſne.

Obſtiné comme vn Aſne.

Et milles autres côtrarietez, dont maintenant ie ne me ſouuiens pas tant i'ay
l'eiprit renuerſé, i'ay pourtant ouy
dire,

O quel Aſne magnifique.

O quel Aſne ſolemnel.

O quel gentil Aſne.

O quel fin Aſne.

Et encor,

Tv me traites comme vn Aſne.

Il crie comme vn Aſne.

II

Il rit comme vn Asne.

Il heurte comme vne Asne.

Il sue comme vn Asne.

Il sent mal comme vn Asne.

Amoureux comme vn Asne.

Abesti comme vn Asne.

Il mange comme vn Asne.

Il pete comme vn Asne.

Il est parent à tout le monde comme vn Asne, & d'autres telles façons de parler.

Dans les escoles mesmes i'ay ainsi ouy faire des argumens, *Homo est Asinus, Brunellus est Asinus, ergo tu es Asinus,* & tant d'autres vertus, preeminances prerogatiues, vices & contrarietez. Aussi ayant ouy d'ordinaire tant parler de luy i'ay fait tout ce que i'ay peu pour le bien cognoistre.

Ie veux que cecy soit pour la fin, me semblant d'é auoir tant dit qu'vn homme mediocrement sçauant aux sciences speculatiues peut en concluant donner sentence en faueur de l'Asne, & le declarer le plus noble de tous les animaux, non seulemët du Chien, du Cheual, du Singe, du Lion & de l'Elephant: mais de tous les autres que la nature a

produits fous les diuerfes efpeces de befte.

Exhorta-
tion de
l'Autheur
pour con-
clufion.

Maintenant pour conclufion de ce
difcours Afinefque, ie diray en confide-
ration de ceux qui tous les iours imitêt
fi bien l'Afne, qu'ils le font en toutes
leurs actions.

Que ce feroit chofe bien loüable de
faire vne belle Accademie nommée d'ũ
fi noble animal, de qui chacun de la cõ-
pagnie porteroit la belle image dehors
& dedans, & s'effayroit auec affection
de fuyure & d'imiter fes vertus, faifant
des conftitutions & des loix conformes
a la douce nature de leur Seigneur &
parrain, entre qui beaux lecteurs vous
feriez des premiers, & ce pendant ie me
recommande.

FIN.

www.ingramcontent.com/pod-product-compliance
Lightning Source LLC
Chambersburg PA
CBHW071110260626
47162CB00006B/2281